Jana Frey · Ich spür mich nicht

Bisher von Jana Frey im Loewe Verlag erschienen:

Das eiskalte Paradies
Der verlorene Blick
Luft zum Frühstück
Höhenflug abwärts
Ich, die andere
Verrückt vor Angst
Rückwärts ist kein Weg
Ich spür mich nicht

Jana Frey

Ich spür mich nicht

Elinas Leben mit Borderline

Loewe

Unterrichtsmaterial zu diesem Buch
finden Sie auf unserem Pädagogen-Portal
unter www.loewe-schule.de.

*Mein Dank an Odile, Karlotta, Maxima, Lennard und Björk
für viele Gespräche über Borderline.*

Alles Liebe euch fünfen!

FSC
www.fsc.org
MIX
Papier aus verantwortungsvollen Quellen
FSC® C014496

ISBN 978-3-7855-8075-2
1. Auflage 2015

Umschlaggestaltung: Barbara Heinlein unter Verwendung eines
Fotos von iStockphoto/Girl at a concert © miappv
Printed in Germany

www.loewe-verlag.de

„... ist sie – tot?“

„Ist sie ...?“

„Um Gottes willen ...“

Sie liegt ganz still.

Ihr Gesicht ist schneeweiß. Regen tropft auf ihre Stirn wie kalte Tränen.

Über ihr steht das Fenster im ersten Stock offen. Die rosa Gardine weht im Wind.

Von ganz weit her kommt ein Gedanke. *Es sollte jemand bei ihr sein in diesem Moment.*

Sie liegt sehr still. Reglos. – Wer sollte bei ihr sein?

Luuk ...? – Nein, er *nicht*!

Oskar? Vielleicht.

Oder Selma, ihre einzige Freundin.

Stattdessen ist Herr Petry da. Herr Petry aus dem Nachbarhaus. Er und Olga, seine russische Freundin. Die beiden riechen nach Zigaretten und dem Mief von ungelüfteten Zimmern.

„Gott sei's gedankt – sie atmet“, sagt Herr Petry. Er klingt erleichtert und so, als würde er gerade überall lieber sein als hier im verregneten Nachbarsgarten. Seine kalten Finger tasten schon die ganze Zeit an ihrem Hals herum und suchen nach Lebenszeichen. Er kniet ungelenk neben ihr im Gras. Seine Finger fühlen sich rau und wulstig und unangenehm an. Als würden dicke kleine Tiere über sie krabbeln.

„Der Krankenwage ist auf Weg, sie haben gesagt. Dauert paar Minute. Wir soll'n sie auf kein' Fall bewegen.“

Olga spricht nur gebrochen Deutsch. In Kiew war sie mal eine bekannte Pianistin, heißt es in der Nachbarschaft. Hier ist sie nur eine arbeitslose Kettenraucherin, die selten das Haus verlässt.

„Warum zum Teufel hat sie das nur getan?“

Herrn Petrys Stimme klingt fast ärgerlich. „Steht erst endlos am Fenster rum wie nich' ganz bei Trost. Und lässt sich dann ..."

Er sucht nach den richtigen Worten. „... fallen. Einfach so. Kopfüber ... Von einer Sekunde zur nächsten. Es sah grässlich aus. Was für ein verdammter Schreck! Mir ist fast das Herz stehen geblieben. Sei froh, dass du's nicht gesehen hast."

„Ein dünnes Ding", ist Olgas unzusammenhängende Antwort. „Nix dran an der Kleine. Wie alt sie ist?"

Herr Petry, der es eigentlich wissen könnte, zuckt nur mit den Schultern.

Sie ist sechzehn. Und schon immer lief alles verquer. Fast von Anfang an.

* * *

1

Herbst 1998

Hallo Welt, da bin ich. Wahnsinn, ich bin.

Ihre Eltern waren bei ihrer Geburt schon Uhus. Noch nie von Uhus und Bivies gehört? Uhus sind schlicht Leute *u*nter *hu*ndert, Bivies solche *bi*s *vie*rzig.

Das musste man sich mal vorstellen, ihre Mutter war am Tag ihrer Geburt bereits dreiundvierzig Jahre alt und Papp, ihr Vater, der damals noch bei ihnen wohnte, sogar schon fünfzig. Hatten sie nichts anderes zu tun? Warum sie sich noch mal ein Baby zulegten? In ihrem Alter? Und wo sie sich doch nicht mal mehr gut verstanden? Das weiß keiner. Sie taten es eben. Dabei gab es damals schon Papps Affären und Mas Depressionen, und ihre ältere Schwester – Amara – war schon halb erwachsen. Sechzehn, oder so.

Sie, Elina, war jetzt auch sechzehn Jahre alt, hatte grüngraue Augen und dunkelbraune Haare.

Bei ihrer Geburt mittelwillkommen – heute mittelgroß, mitteldünn, mittelhübsch, mittelfroh und mittelgut in der Schule. Mittel, mittel, mittel.

Davon, dass meine Mutter später immerzu klagen würde, über den Stress, den sie seit dem Augenblick meiner Geburt mit mir hatte, und welch ein nervenaufreibender Säugling ich war, ahnte ich in der Nacht meiner Geburt zum Glück noch nichts.

Ich war einfach nur ich.

„Warum hast du mich überhaupt bekommen?“, habe ich meine Mutter – Maria Lawall, Besitzerin des Café Zucker, ein alter Familienbesitz, den sie nicht gern am Hals hat – mal gefragt, als ich noch etwas jünger war. Dreizehn, oder so. Wir waren im Bad, ich saß in der schaumigen Wanne und meine Ma räumte einen halben Meter weiter einen Stapel gewaschener, getrockneter und zusammengelegter Handtücher in die Kommode. Sie war gerade erst von einem ihrer vielen Kuraufenthalte zurückgekommen. Sie leidet unter Depressionen und solchen Sachen. Weinen, Trübsal, Wut, Schimpfen, Schreien, ins Leere starren. Alles immerzu durcheinander und von Jahr zu Jahr wird es schlimmer.

Nach meiner Frage drehte sie sich um und sah mich einen Moment lang perplex an.

„Wie meinst du das denn, Eli?"

Ich ließ mich am Wannenrand hinabgleiten, tauchte unter und wieder auf.

„Ich meine ... du hättest mich doch auch einfach – abtreiben können. Oskars Mutter hat auch abgetrieben, als sie mit vierzig noch mal schwanger geworden ist. Mit einem Tropikind ..."

Oskar war mein Kumpel aus Kindergartentagen. Er wohnte damals wie heute nur zwei Häuser weiter. Und ein Tropikind ist ein Trotz-Pille-Kind, aber meine Mutter fragte gar nicht nach. Vielleicht hatte sie meine Abtreibungsfrage so erschreckt, aber sie fragt oft nicht wirklich nach, wenn ich etwas erzähle.

„Elina, was ...? Dich abtreiben? Einfach ... abtreiben? – Nein, also ... wir ... wir wollten dich doch, wir ... haben uns doch gefreut, Papp und ich."

Das war eine zum Himmel schreiende Lüge, so viel stand fest. So viel stand hundertprozentig fest. Auf alten Fotos aus meiner Babyzeit sieht meine Mutter nie froh aus. Nur gehetzt und gereizt und müde und – irgendwie immer wie kurz vor dem Zusammenbruch. Als sei ausgerechnet ich schuld, dass ihr Leben absolut falsch verliefe.

An diesem Abend im Badezimmer wischte sie sich eine hellgraue, leicht feuchte Haarsträhne aus der Stirn. Dazu lachte sie ein sehr dünnes Lachen und hörte sofort wieder damit auf. Draußen schrillte das Telefon.

„Oh, das könnte ...?“

Sie drehte sich abrupt von mir weg und eilte aus dem Zimmer. Sie nahm sich nicht mal Zeit, die Handtücherschublade zuzuschieben.

„Amara sein“, beendete ich den hoffnungsvoll begonnenen Satz meiner Mutter gereizt. Ich versank wieder im türkisfarbenen Wasser. Irgendwie war mir nach Weinen zumute, aber ich tat es nicht. Erstens kann man unter Wasser schlecht weinen und zweitens weinte ich so gut wie nie.

„Warum weinst du nie?“, fragte Oskar mich manchmal. Oskar fragte immer und alles. Es gab einfach nichts, für das er sich nicht interessierte.

Und ich war die Meisterin der bescheuerten Antworten.

„Vielleicht, weil ich zum Weinen zu traurig bin“, sagte ich einmal.

* * *

„Sie hat sich einfach so fallen lassen“, erklärt Herr Petry dem Notarztteam im regennassen Garten. „Es war ein schlimmer Anblick. Mit so was rechnet man schließlich nicht, verdammt noch mal. Und das bei meinem Bluthochdruck.“

„Gut, dass Sie so schnell zur Stelle waren“, sagt die Sanitäterin, während Elina in den Rettungswagen gebettet wird. Herr Petry bekommt ein paar Tropfen Beruhigungsmittel. Schwer atmend läuft er in kleinen Kreisen durch das glitschige, zerwühlte Gras.

„Wird sie überleben?", erkundigt sich Olga unterdessen mit rauer Stimme und zieht mit zittrigen Fingern an einer Zigarette.

Der Notarzt nickt. „Ganz sicher. Machen Sie sich jetzt keine Sorgen mehr. Was wissen Sie über das Mädchen?"

Elinas Augen sind während der Fahrt zur Klinik geschlossen. Sie denkt an ihre Familie, ihre Freunde – alte und neue. Ihre Ma. Ihr ferner Papp, der schon so lange nicht mehr zu ihrer Familie gehören will. Ihre weißhaarige Großmutter Signe. Ihre Schwester Amara, die ihr eigenes Leben führt. Und dann Selma. Und Oskar. Und – Luuk.

Jemand hat ihr eine Spritze gegeben. Sie lebt. Sie friert. Man hat sie festgebunden und jemand hält ihre eisige Hand. Elina ist einfach wahnsinnig müde.

Was ist nur geschehen? Warum hat sie das getan? Warum hat sie sich mit diesem Luuk eingelassen? Wie hätte sie ahnen können, dass es so sein würde? Wie hat überhaupt alles angefangen?

Doch, sie weiß, wie es angefangen hatte. Mit diesem verrückten Casting.

2

JANUAR 2014

Ich hatte nicht viele Freunde.

„Dein Zweitname ist Einsiedlerkrebs, Eli, echt", sagte Selma manchmal. Selma war tatsächlich so gut wie meine einzige Freundin. Sie selbst hatte einen erschreckend großen Freundeskreis. Aber hin und wieder nahm sie sich menschenfrei, wie sie es nannte, besucht stattdessen mich und übernachtet bei mir. In diesen Nächten reden wir so lange, bis wir irgendwann mitten im Gespräch einschlafen.

„Darf ich vorstellen?" Sie grinste mir zu und deutete auf mich und mein stilles Zimmer. „Elina Einsiedlerkrebs Lawall in ihrer Enklave."

Ich widersprach nicht, denn sie hatte recht. Tatsächlich würde ich nur sie und Oskar als Freunde bezeichnen.

Und Signe, meine weißhaarige Oma.

„He, kein normaler Mensch hat seine Oma zum Freund, Eli!", sagte Selma entschieden. „Auch wenn sie noch so hip ist."

Und das war Signe auf jeden Fall. Sie war die Mutter von Bernhard, meinem weggegangenen Vater, und schon fünfundachtzig.

„Eigentlich wollte ich immer eine Tochter, verstehst du?", hatte sie mir mal anvertraut, das war schon Jahre her. „Ich hatte immerhin ein Frauenhaus mitgegründet, ich bin seit gefühlten hundert Jahren mit Alice Schwarzer befreundet, und ich habe 1968 öffentlich meinen einzigen Büstenhalter, der ein teures Ding war, verbrannt, um ein Zeichen für die Frauenbewegung zu setzen. – War sowieso gemütlicher ohne BH ..."

Sie hatte gegrinst, während sie mir davon erzählte.

„Und dann bekam ich, welch Schmach, einen Sohn. Und auch noch so einen gottverdammten Spießer! Wurde Polizist, pfui Teufel! Zwei Jahre Therapie musste ich machen, um das zu verarbeiten!"

Signe trug ausschließlich weiße Sachen und hatte inzwischen auch, zu ihrer Freude, fast völlig weiße Haare. Sogar ihre Fingernägel lackierte sie sich weiß. Außerdem fuhr sie, um ihrem Spleen die Krone aufzusetzen, eine schneeweiße Ente, so einen alten Citroën 2CV, den sie hegte und pflegte wie ein Kind.

Selma unterbrach meine Gedanken.

„He, Eli, sie kommen ... – Nun beeil dich doch mal!", rief sie und öffnete hastig mein wunderbar großes, schräges Dachfenster. Ein Schwall kalte Luft wirbelte herein. Der Himmel war von einem ungemütlichen Wintergrau, wie so oft im Januar.

Aber mitten in all dem Grau tauchte plötzlich eine grüne Wolke auf, wie jedes Mal, wenn sie kamen.

„Wahnsinn, der absolute Wahnsinn", murmelte Selma beeindruckt und lehnte sich weit hinaus, möglichst nah an dieses wilde Spektakel heran. Mit dem Handy versuchte sie, wie immer, einige Aufnahmen zu schießen, aber sie wurden – ebenfalls wie immer – nicht halb so beeindruckend wie die Sache wirkte, wenn man sie miterlebte.

Es war der berühmt gewordene Schwarm aus grünen Papageien, die über den winterlichen Himmel jagten und hin und wieder in die Bäume einfielen, als seien sie am Verhungern. Vor allen Dingen im Winter, wo die Bäume kahl und deprimierend aussahen und unwirtlich waren, räuberten sie aber nahezu überall. In den ewig vollgestopften Mülleimern der Parks, sobald sich ihnen ab dem Frühjahr die Möglichkeit bot, auch von gedeckten

Kaffeetischen in Gärten, ebenso wie auf den Wochenmärkten oder in den Auslagen von Geschäften. Der Lärm, den sie dabei machten, war ohrenbetäubend und großartig.

Die Geschichte dieser Vögel war so einfach wie beeindruckend: Früher einmal hatten sie ganz normalen Menschen, ihres Zeichens Papageienliebhaber, gehört. Aber eines Tages vor vielen Jahren, keiner wusste genau, wie es passiert war, hatten sie sich miteinander verständigt und waren in einer legendär gewordenen Nacht allesamt während eines Ausstellungswochenendes aus ihren Käfigen entflohen und hatten sich zu einem wilden, grünen Vogelvolk aus Freiheitskämpfern zusammengeschlossen. Seitdem hatten sie allen Gefahren und Widrigkeiten getrotzt und sich dabei in geradezu beängstigender Weise vermehrt. Selma, die die Geschichte schon zigmal zum Besten gegeben hatte und sie sehr liebte, reimte es sich in etwa so zusammen wie in Walt Disneys berühmtem Dalmatinerfilm, in dem die Hunde sich mittels eines „Bellophons" – Bellen von Hof zu Hof, kilometerweit – verständigten und so die niedlichen, entführten Hundewelpen suchten. Nur dass es in diesem Fall so etwas wie ein *Freiheitskrächzophon* gewesen sein musste.

Und nun krächzten sie praktisch pausenlos – stolz auf ihre Revolution und ihre Freiheit! Und während eine Menge Menschen sie als Plage empfanden, waren Selma und ich solidarisch mit ihnen und konnten uns für sie begeistern.

„Und schon sind sie wieder weg, die Guten", sagte Selma und sah der grünen Wolke mit zusammengekniffenen Augen hinterher. „Viva la revolución!", rief sie in ihre Richtung und lachte, aber dann verzog sie das Gesicht und schloss so schnell und leise wie möglich das Fenster.

„Dafür naht dein komischer Nerd, Eli, was nicht halb so ergreifend ist. Verdammt, ist man vor dem denn niemals sicher?"

Da klingelte es auch schon.

„Machen wir einfach nicht auf", schlug ich zögernd vor und schämte mich innerlich für diesen verbalen Verrat an meinem besten Freund.

Aber Oskar war eben Oskar. Schon im nächsten Moment hörten wir ihn in den hinteren Garten gehen und die Tür des Geräteschuppens aufschieben. Sie knarrte vernehmlich.

„Er holt sich tatsächlich einfach so euren Mist-ich-hab-mich-ausgeschlossen-Schlüssel!", zischte Selma brüskiert. „Mann, der kennt echt keine Skrupel. Will er etwa hier einbrechen?"

Wie es schien, wollte Oskar genau das.

Gleich darauf waren jedenfalls drei Paar Füße auf der Treppe zu hören, die sich rasch näherten.

„Und dann hat er auch noch dauernd seinen haarigen Uraltköter dabei", murmelte Selma wenig begeistert, gerade als die Tür aufging.

„Oh, unerwarteter und hoher Besuch aus dem Morgenland", sagte Oskar und lachte sein polterndes Lachen. Nur ich wusste, dass er nicht halb so cool war, wie er sich gab, und dass er es hasste wie die Pest, wenn etwas sich anders entwickelte, als er es erwartet hatte.

„Merhaba, Frau Akgül!"

Ich wusste, dass sein Grinsen die pure Show war. Aber auch er wusste Dinge über mich, die sonst keiner wusste, und beide zusammen wussten wir, dass es besser war, wenn manche Dinge ungesagt blieben. Ich versuchte, ihn anzulächeln, war mir aber nicht sicher, ob es gelang.

Selma verzog unterdessen keine Miene, während Chapeau Claque hechelnd in mein Zimmer stürzte und es haarenderweise in Beschlag nahm.

„Gemach, mein alter Faltzylinder, gemach", sagte Oskar streng, zerrte den alten Collie von meinem Bett auf die Holzdielen zurück, und belegte mein Zimmer ebenfalls mit Beschlag, indem er sich auf meiner Fensterbank niederließ und seine langen Beine sortierte. Dort saß er immer, wenn er mich besuchen kam.

„Wir machen hier eigentlich, wie du siehst, einen *Frauennachmittag*."

Selmas Stimme klang bedeutungsschwer und sie warf erst Oskar und dann mir einen Blick zu, ihm einen frostigen, mir einen auffordernden. „Oder, Eli? Sag doch auch mal was!"

Ich schwieg nervös. Wie immer fand ich es schade, dass die beiden nicht miteinander auskamen. Oskar fand Selma zickig und Selma Oskar idiotisch. Und das war noch nett ausgedrückt.

„Wieso? Redet ihr über eure Periode? Über ein geplantes Schamlippenpiercing? Über Kerle? Sex? Heiraten? Kinder?"

Oskar lachte wieder und Chapeau Claque hechelte, was ähnlich wie ein Lachen klang.

„Oh, mein Gott", sagte Selma. „Wie hältst du es mit den beiden nur aus, Eli? Echt, ich versteh's nicht!"

Ich warf Oskar einen flehenden Blick zu. Warum machte er sich immer selbst zum Volltrottel? Mein Kindheitsfreund war nicht nur irgendwie sozial öfter mal inkompetent, sondern zusätzlich sehr, sehr dünn und dabei wahnsinnig groß. Mit seinen Einmetersiebenundneunzig stellten schon ganz normale Türen ein Problem für ihn dar, und er ging immer etwas krumm, vermutlich um nicht überall anzuecken. Dazu kam, dass er unheimlich hellhaarig und lockig und, um allem die Krone aufzusetzen, ziemlich kurzsichtig war. Aus diesem Grund trug er diese schwarze Woody-Allen-Brille, wegen der Selma und andere ihn „Nerd“ nannten. Aber er war in Ordnung, schwer in Ordnung sogar. Er war kein Depp, kein Dummkopf oder Trottel, auch wenn Selma das behauptete und einige andere Leute ebenfalls.

„Der Faltzylinder und ich sind sowieso auf dem Sprung“, sagte Oskar jetzt leicht eingeschnappt. „Wir wollten nur etwas loswerden.“

„Was?“, fragte ich.

„Das“, sagte Oskar und hielt mir ein Blatt Papier hin, das er gerade aus der Hosentasche gezogen und auseinandergefaltet hatte.

„Was ist das?“

„Guckst du ...“, sagte Oskar mit einem Seitenblick auf Selma.

Das aufgeklappte Blatt war jetzt in acht Knickrechtecke unterteilt und insgesamt eng bedruckt. Ich strich es glatt und starrte darauf. Einige der Worte, die dort standen, sprangen mich förmlich an.

Zuerst mein Name. *Elina Lawall.* Dazu mein Geburtstag im September. Dann der in goldenen Lettern geschriebene Briefkopf des Blattes. *Sing Factory.* WAS? Außerdem die Worte *Casting* – *Show* – *Anmeldung* – *Jury* – *Recall* – *Musical.*

Und zuletzt ein weiteres Datum. Der erste Februar.

„Was zum Teufel ist das?“ Ich hob den Kopf und starrte Oskar verwirrt an.

„Zeig mal her“, sagte Selma und nahm mir das Blatt aus den Fingern.

Oskar wusste ein paar Dinge über mich, die sonst keiner wusste. Höchstens noch meine genervte Mutter – und meine Oma. Aber die zählten ja, wenigstens Selmas Meinung nach, nicht.

Denn ich sang.

Wenn ich alleine war.

Beim Spülen. Beim Duschen. Oder Baden. Beim Baden mit Kopfhörern auf dem Kopf wie Julia Roberts in *Pretty Woman*. Tausendmal hatte ich diese Szene auf meinem DVD-Spieler gesehen.

Am Fluss in der Nähe sang ich auch hin und wieder, wenn ich sicher war, alleine zu sein. Und dabei schaute ich ins vorbeiziehende Wasser, weil das hundert Prozent beruhigend wirkte. In der Stadtbahn, wenn ich ein Abteil ganz für mich alleine hatte, überkam es mich auch manchmal – wegen der eigenartigen Akustik, die dort herrscht.

Oskar wusste davon, denn früher, als wir noch klein gewesen waren, hatte ich noch wirklich überall gesungen. Auf dem Weg zum Bäcker. Zum Bioladen. Zum Kindergarten. Zum Spielplatz. Zum Bach.

Ich hatte Kinderlieder gesungen, die ich heute gruselig finde, aber auch *Freude, schöner Götterfunken*, die *Ballade von den Seeräubern, Bella Ciao, Neue Männer braucht das Land.* Alle diese Lieder kannte ich von Signe.

„Ein Potpourri aus gesungenem Wahnsinn", sagte Oskar manchmal.

Inzwischen waren es noch viel mehr Lieder geworden. Ich liebte irische Balladen, die uralten Beatles-Songs, Plain White T's *Hey there Delilah* und *Call me Al* von Paul Simon. Außerdem die Sachen der Ärzte und den alten Kram von U2 und Greenday.

„In mir sind – irgendwie ... massenhaft Lieder", hatte ich mal zu Oskar gesagt.

Seine Antwort war eigenartig: „Mir kommt es eher so vor, als bestündest du völlig aus Musik, Elina."

Oskar nannte mich immer bei meinem vollständigen Namen. Elina. Nicht Eli, wie alle anderen.

„Eine Castingshow? Und wieso, bitte schön, steht da dein Name? *Du* sollst zu einer *Castingshow*? Zu dieser *superbescheuerten* Castingshow?", rief Selma und starrte dabei wie paralysiert auf das Stück Papier in ihren Händen.

Wir schwiegen alle. Bis auf den alten Collie, der unbeirrt weiterhechelte.

„Warum nicht?", fragte Oskar schließlich und sah uns abwechselnd an.

„*Warum nicht?*", wiederholte Selma wie vor den Kopf gestoßen. Sie starrte Oskar an, als sei er eine Erscheinung, eine durch und durch fragwürdige Erscheinung.

Ich schwieg. Mir war schwindelig, einfach so, von einer Sekunde zur nächsten.

Erster Februar? Ich? Singen? Bei einem Casting?

Ich?

Ich?

Ich!?

„Du singst wunderschön", hatte Oskar mal zu mir gesagt an einem Sommernachmittag. Vor einem Jahr? Vor zwei Jahren? „Hey, deine Stimme haut mir immer vor die Brust wie eine Woge im Meer, verstehst du? So eine, die einen überrollt, dass man nach Luft schnappen muss."

Auf einmal fühlte ich in mir wieder diese kribbelnde Unruhe, die ich schon seit Jahren kannte, die mich immer wieder überfiel wie ein Raubtier. Ich spürte, wie ich innerlich zu zittern begann. Ich – brauchte – jetzt – dringend – eine – Auszeit.

Verzweifelt biss ich die Zähne zusammen.

„Du hast Eli da *angemeldet*?"

Selma riss ihren Blick erneut von dem ausgedruckten Formular los und starrte Oskar verärgert an. „Willst du sie wie eine komplette Idiotin dastehen lassen, oder was? Ist es das? Verdammt, diese Shows werden im Fernsehen übertragen. Schon vergessen? Willst du etwa, dass Eli sich bis auf die Knochen blamiert?“

Etwas in Oskars Gesicht verschattete sich, als wären Wolken vor die Sonne geglitten.

„Sorry ...“, sagte er leise und räusperte sich. Sein Blick war auf einmal fahrig und flog durch den Raum. „War nur so ein Einfall. Hab's gerade zufällig im Internet entdeckt und ... Sie suchen Talente für ein neues Musical ... und ich dachte ... Elina, ich dachte eben ... – War eh nur so eine Voranmeldung. Kann man jederzeit canceln!“

Seine Stimme verebbte, während sein Blick meinen fand und augenblicklich wieder losließ. „Okay, war vielleicht 'ne Scheißidee, ich geb's zu. Vergesst es! Komm, Chapeau, gehen wir besser wieder. Frauennachmittag, also echt!“

Er schlüpfte in seine Jacke und zog Sekunden später die Tür hinter sich und dem Hund zu. Vier Füße tappten fröhlich die alte Holztreppe hinunter, zwei gingen langsam und schwerfällig hinterher.

„Dieser total bescheuerte Schwachkopf“, sagte Selma kopfschüttelnd. „Aber egal. – Wo waren wir gerade, ehe uns der Bekloppte gestört hat?“

Ich rührte mich nicht.

In diesem Moment war ich nicht voller Musik, sondern voller Unruhe.

Ich.

Singen?

Hm, hm, hm, mm, hm ...

Und wieder geschah es.

Dieses Nichtfühlen.

Ich fühlte mich nicht.
Ich fühlte nichts.
Absolut nichts.
Singen?
Am ersten Februar?
Nein.
In mir war Leere. Nichts als Leere.
Wie eine Totenstarre.

Meine andere Oma, nicht Signe, ist schon ziemlich lange tot. Sie war Mas Mutter. Sie wollte, das weiß ich noch, nie von uns besucht werden. Sie hasste unsere Besuche regelrecht. Wenn meine Ma sie anrief und sagte: „Mutti, wir könnten heute endlich mal wieder vorbeikommen. Was meinst du?“, sagte sie jedes Mal entsetzt Nein. „Nein, kommt nicht. Nein, ich bin lieber alleine. Bitte ...“

Sie war ein Menschenfeind, sagt Amara immer, und eines Tages war sie tot. Man fand sie erst zwei Wochen später. Da war sie schon ziemlich entstellt. Neben ihr stand ein halb leeres Weinglas und der Raum war voller Fliegen.

Meine Mutter weinte und weinte und weinte tagelang wegen dieses Szenarios. Ich stellte mir damals vor, sie habe ausgesehen wie das Käse-Salami-Sandwich, das wir mal versehentlich auf der Küchenanrichte hatten liegen lassen, als wir für vierzehn Tage nach Mallorca geflogen waren. Als wir nach den zwei Wochen nach Hause kamen, lag das Sandwich immer noch dort, wo es vergessen worden war. Es war verschimmelt und irgendwie explodiert und voller Schleim und Fliegen.

Tot. Vermodert. Reglos. Kalt. Ekelhaft.

Mit den Fingern meiner rechten Hand berührte ich probeweise meinen linken Arm. Nichts. Nichts. Absolut nichts. Es war wieder so weit. Ich hatte mich verloren ...

3

„Verflixt, ich hab mal wieder ein akutes Cashflowproblem“, sagte Selma am darauffolgenden Montagmorgen, als wir auf dem Weg zur Schule waren. Wir hatten uns zufällig im Achtuhrbus getroffen und liefen nun von der Haltestelle zum Schultor. Schultechnisch verabredeten wir uns so gut wie nie.

„Weil du keine Verabredungen einhältst, Eli!“, sagte Selma manchmal genervt. „Zumindest ist kein Verlass darauf.“

Jetzt wühlte sie mit trüber Miene in ihrem Portemonnaie. „Da, zwei Euro und, warte ... dreiundsiebzig Cent. Verdammte Oberkacke.“

„Bei mir schaut es auch nicht viel besser aus“, sagte ich tröstend und schlang meine Arme gegen die eisige Kälte um mich selbst. Heute früh hatte das Außenthermometer am Eingang des Café Zucker minus elf Grad angezeigt. Ich mochte Kälte. Viel lieber als Hitze. Und ich fühlte mich an diesem klaren, eiskalten Morgen, als wäre ich in den vergangenen vierundzwanzig Stunden weit entfernt und ganz woanders gewesen. Ganz alleine mit mir. In einer fremden Zeit. Auf einem fernen Planeten. Wie in einem Raumschiff, isoliert und eingekapselt. Aber geschützt.

„Bei dir, bei dir“, murmelte Selma ungehalten und war auf einmal gereizt. Sie warf mir einen Seitenblick zu. „Du hast im Zweifelsfall immer noch Signe, deine wohlhabende, verrückte Oma. Und dann deinen guten alten Papp. In der Not rückt er ja doch immer ein paar Kröten raus, wenn du nur genug rumjammerst.“

Ich schwieg. Ich wollte mir meine gute Laune nicht schon jetzt und hier verderben lassen. Und Selmas chronische Geldknappheit war, das wusste ich aus Erfahrung, ein absoluter Stimmungskiller.

„Mann, ich wünschte wirklich, meine Mutter wäre nicht so verdammt antitürkisch drauf, echt“, setzte Selma ihre Klagemauerlitanei auch schon wie erwartet fort. „Hätte sie damals eben einfach diesen Özkan Irgendwas aus Izmir geheiratet, wie ihre Eltern es wollten, dann wäre mein Leben heute in absolut trockenen Tüchern. Der Typ ist inzwischen irgendein hohes Tier bei *Siemens* und verdient sich dumm und dämlich. Meine liebe Mutter Dilara dagegen ...“ Selma schnalzte wütend mit der Zunge. „Sie musste es sich ja unbedingt mit der ganzen Family verderben, indem sie klammheimlich auf diesem schmierigen Containerschiff anheuerte, um die kopftuchfreie Welt der emanzipierten Frauen zu erobern. Und was habe *ich* schlussendlich davon? Einen unbekannten Vater, jede Menge Ärger als Tochter einer Verstoßenen – und *nie* ausreichend Kohle.“

Sie stopfte ihr Portemonnaie mit trüber Miene zurück in ihren glitzernden Blaue-Moschee-Rucksack, den sie aus reinem Protest gegen ihre Mutter während einer Klassenfahrt auf einem türkischen Basar in Berlin gekauft hatte.

„He, wartet!“, rief in diesem Moment Oskar und bog vor uns um die Straßenecke. Er winkte uns zu und kam uns mit einer Art Silly Walk entgegen.

„Nee, echt nicht“, murmelte Selma genervt. „Jetzt nicht auch noch dein spinnenbeiniger, verrückter Quatschkopf. Sorry, Eli, wir sehen uns. Halt die Ohren steif und lass dich von dem Irren nicht zu doofen Castingshows überreden, versprichst du mir das? Der hat doch echt ein Rad ab!“

Und damit verließ sie meine Welt und tauchte wieder in

ihrer unter. Unsere Oberstufe wird im Kurssystem unterrichtet. Ich hatte jetzt Kunst, Selma Spanisch. Was Oskar hatte, wusste ich nicht. Vermutlich Mathe oder Physik oder Informatik. All diese Dinge flogen ihm geradewegs zu.

„Alles okay, Elina?"

Oskar hatte inzwischen seinen albernen Gang beendet, drängte sich atemlos an meine Seite und warf mir einen prüfenden Blick zu.

„Ja."

„Wirklich?"

„Ja."

„Okay."

Wir blieben unter seinem Baum stehen. Oskars Baum deshalb, weil er diesen Baum, eine Eberesche, mehr als alles andere an dieser Schule, die er nun wirklich nicht besonders leiden konnte, mochte, und praktisch jede Pause hier zu finden war.

„Hast du es dir noch mal überlegt?"

Ich wusste sofort, was er meinte, aber ich sagte nicht Ja und nicht Nein.

„Du könntest das, Elina. Bestimmt. Und es würde dich auf andere Gedanken bringen. Dich – *hier* aufwerten und so ..." Er machte eine weit ausholende Geste, die den ganzen Schulhof einschloss, aber seine Stimme klang vorsichtig, behutsam.

Ich blieb dennoch skeptisch.

„Aber die Leute hier, Os." Ich beschrieb in einer kleineren Geste ebenfalls das Areal, auf dem wir uns befanden. „Selma hat schon recht. Sie würden sich über mich schlapp lachen, wenn's ein Reinfall wird. Und das würde es bestimmt!"

„Vergiss doch mal für eine Weile diese Wichser hier",

sagte Oskar ungerührt. „Wenn du das kannst, meine ich. Ist doch erst mal nur ein Casting. Drei Minuten vorsingen und fertig."

Drei Minuten und fertig.

Der Satz begleitete mich den ganzen Tag.

Drei Minuten und fertig.

Drei. Minuten. Und. Fertig.

Dreiminutenundfertig.

D r e i M i n u t e n u n d f e r t i g. D.r.e.i.M.i.n.u.t.e.n.u.n.d.f.e.r.t.i.g.

„Ich muss dich dringend was fragen. Kann ich vorbeikommen?", schrieb ich in einer SMS an Signe in der Pause zwischen Englisch und PoWi, gerade als es draußen leicht zu schneien anfing. Der erste Schnee in diesem Winter, verdammte Klimaerwärmung. Oskar konnte stundenlang über das Klimadesaster und die schmelzenden Pole sprechen und sich aufregen und echauffieren und das baldige Ende der Welt proklamieren. Aber Oskar redete ja sowieso fast immerzu. Und er ist schon Mitglied bei Greenpeace, den Grünen und sogar der Jungen Union gewesen. Nichts hat ihn je völlig überzeugen können. Er ist eben ein vor sich hin brütender Einzelgänger, so wie ich.

„Schon Schule aus?", schrieb Signe misstrauisch zurück.

„Fast."

„Was versäumst du, wenn du jetzt kommst?"

„Politik-und-Wirtschaft."

„Komm danach. Politik ist eine wichtige Sache! Ich rufe deine Mutter an und sage ihr, dass du mich besuchen kommst", war Signes Antwort.

Ich hätte es mir denken können. Als ehemalige Hausbesetzerin war sie eben durch und durch politisch. Politik war ihre heilige Kuh.

Um halb drei war ich schließlich bei ihr. Meine weißhaarige Oma wohnte in einem zerstrittenen Mehrgenerationenhaus, in das man sich immer unbemerkt hineinschleichen musste, wenn man Streit aus dem Weg gehen wollte. Heute begegnete ich nur Lutz, dem Müllfetischisten, wie Signe ihn gerne nannte.

„Ach, Eli, gut, dass ich dich treffe", sagte er prompt. „Kannst du deiner renitenten Großmutter bitte ausrichten, dass sie ihren Müll *wieder* nicht konsequent getrennt hat? Das ist echt eine Sauerei: Ein Frischkäsealudeckel und den Draht vom Sektflaschenkorken im Kompostabfall, das muss man sich mal vorstellen!"

Dreiminutenundfertig, dachte ich und ging hastig weiter. Signe wohnte im dritten Stockwerk des verschachtelten Hauses.

„Einigermaßen glimpflich durchgekommen?", raunte sie an der Tür, nachdem ich geklopft hatte, und zog mich rasch ins Innere ihrer kleinen Wohnung.

Ich nickte matt.

Die Wohnung meiner Großmutter ist so weiß wie sie selbst. Weiß gebeiztes Holz, helle Holzdielen, alles sehr spartanisch. Ich war gerne hier. Lieber als zu Hause, wo alles vollgestopft war mit Dingen und Erinnerungen und ich so oft das Gefühl hatte zu ersticken.

Die Luft in der Wohnung meiner Großmutter roch nach Salbei, denn weißer Salbei vertrieb böse Geister, sagte Signe oft. Und böse Geister gab es schließlich genug, das wusste ich.

„Was gibt es so Dringendes?", fragte sie mich jetzt, als wir in ihr Lebezimmer, wie sie ihr Wohnzimmer nannte, traten.

Ich berichtete ihr von Oskars Idee, dass ich in der Sing Factory-Castingshow vorsingen sollte.

„Blödsinn, oder?", sagte ich zum Schluss und setzte mich auf ihr weißes Rattansofa.

Signe wiegte den Kopf hin und her. „Einerseits ja, andererseits nein."

Dann begann sie, leise vor sich hin zu summen, wie immer, wenn sie nachdachte. Dieses Mal summte sie ein Stück aus Verdis *La Traviata*, ihrer Lieblingsoper.

Ich unterbrach sie nicht. Stattdessen sah ich mich um. Überall lag Papier herum. Signe schöpfte es selbst – in ihrer Duschwanne im Badezimmer. Früher hatte sie Aquarelle darauf gemalt, aber seit ihre Augen schlechter geworden waren und ihre Hände zitterten, hatte sie damit aufgehört. Statt zu malen schrieb sie jetzt Listen.

„Was für Listen?", hatte mich Oskar einmal gefragt, als diese Listenperiode ihren Anfang nahm.

„Listen über alles eben", hatte ich geantwortet. Inzwischen war ich längst selbst infiziert. Signe und ich schrieben sozusagen Listen um die Wette.

Ich warf einen Blick auf eine Liste, die ganz in meiner Nähe auf dem Boden lag.

Was mich in Wut bringt, stand zuoberst. Darunter standen in Rage gekritzelte, zittrige Wörter wie *Klimawandel, Rente, die CDU, mein Sohn, Massentierhaltung, das fortschreitende Alter, Verwirrtheit.*

„Um es auf den Punkt zu bringen: Du singst ganz wunderbar, Eli", sagte Signe jetzt. „Gut also, wenn viele daran teilhaben. Aus dieser Warte betrachtet, warum also nicht?" Sie seufzte. „Blöd dagegen ist dieser Drumherum-Castingzirkus. Diese Privatsender sind allesamt Schiet, du kennst meine Meinung dazu."

Ich nickte.

„Sing etwas!", befahl Signe in dieses Nicken hinein.

„Was?"

„Das Erste, was dir einfällt. Nun mach schon. Ich hab nicht ewig Zeit."

„Wieso? Musst du noch mal weg?", fragte ich verwundert und betrachtete Signe. Sie steckte eindeutig in ihrem Zuhauselook, einem weißen japanischen Kimono.

Sie lächelte mir zu. „Ich stehe mit einem Bein im Grab, Kleines, das weißt du doch. Aber keine Sorge, mach nicht gleich so ein Gesicht. Mit dem zweiten stehe ich noch ganz gut."

Ich dachte nach und spürte, wie ich nervös wurde.

„Mir fällt nichts ein."

„Unsinn. Es fällt einem immer etwas ein."

Und dann sang ich *Will you still love me tomorrow*, einen Song, den Amy Winehouse mal von irgendwem gecovert hatte und den Selma liebte und immerzu vor sich hin trällerte.

Signe nickte beifällig und tippte mir den Takt auf die Schulter. Die Augen geschlossen, summte sie leise mit. Am Anfang war ich ungenau, vernuschelte die Melodie, stolperte im Text, aber nach und nach wurde ich sicherer. Meine Stimme füllte den Raum, ich spürte es selbst. Singen machte mich froh, obwohl *froh* vielleicht ein zu mächtiges Wort war. Aber wenn schon nicht froh, dann wenigstens zufrieden. Wintersonne schien zum Fenster herein, der graue Graupelschnee war bereits wieder verschwunden, in meinem Bauch breitete sich Wärme aus und ich ließ das Lied ausklingen.

„Wunderbar", sagte meine Großmutter hinterher und öffnete die Augen wieder.

Wir sahen uns an.

„Und?", fragte Signe.

„Und was?", fragte ich zurück.

„Willst du?"

„Ich könnte es ja mal versuchen. Vielleicht."

„Ja, das könntest du."

„Aber sie zeigen es auf *Musicpower* und bestimmt fliege ich sofort raus. Sofern ich es überhaupt durch das allererste Vorrunden-Casting schaffe."

Ich versuchte, mir das vorzustellen. Tausendmal hatte ich diese Shows zu Hause am Bildschirm verfolgt. Die Anspannung der Kandidaten. Das Ausschlachten ihrer Persönlichkeit. Das unruhige Publikum. Die feixende Jury. Das grelle Scheinwerferlicht. Die nervösen Jugendlichen. Ihre wackeligen Songs. Höhnisches Gelächter der Zuschauer. Bissige Kommentare der Jurymitglieder. Die Abfuhr. Der Abgang. Buhrufe.

Aber es gab eben auch die, die gewannen. Die, die es auf die Titelseiten der *Gala*, der *Bravo*, der *InTouch* schafften. Die, die Sieger wurden. Die, die es allen zeigten.

Ich versuchte, mir auch das vorzustellen.

Als Kind hatte ich immer einen klaren Weg vor mir gesehen. Ein Leben als Sängerin oder Tänzerin oder Schauspielerin – reich, berühmt, sorglos, irgendwie immer noch vereint mit Oskar und Signe. Dazu ein Haus am Meer, bei dem man bis zu den Fußknöcheln im warmen, weichen Sand versank, sobald man über die Türschwelle trat. Wärme im Gesicht. Wärme und Wind und Glück.

„Deine Oma wird aber mit Sicherheit irgendwann mal sterben", so hatte Oskar damals ohne Rücksicht auf Verluste seine Zweifel zu diesem Lebensplan geäußert. „Sie ist ja jetzt schon ziemlich klapprig, wenn du mich fragst. Und sie ist nicht *Doctor Who* oder der *Highlander*, will sagen, sie macht's, im Gegensatz zu denen, nicht ewig."

Inzwischen wusste ich das selbst. Mein Lebensplan hatte sich in Luft aufgelöst.

„Wann soll das Spektakel denn anfangen?"

Ich schluckte trocken. „Am ersten Februar", murmelte ich. „In zwei Wochen minus einem Tag, also."

Signe warf einen Blick aus ihrem bunten Jugendstilfenster. Draußen sah es dunstig und nass aus. Die Sonne war schon wieder von grauen Wolkenbergen verdeckt. Dennoch herrschte ein eigentümlich sanftes, milchiges Licht.

„Ich glaube, ich versuch's", sagte ich plötzlich leise. Es war einen Versuch wert. Vielleicht würde es mich verändern. Verwandeln. Vielleicht war es ja ein Neuanfang – vielleicht *der* Neuanfang, den ich brauchte.

4

Zu Hause war niemand, als ich zurückkam. Allerdings, was hieß schon niemand. Es gab ja nur noch meine Mutter und mich. Amara war längst ausgezogen – ich konnte mich an ein Leben mit ihr überhaupt nicht mehr erinnern – und Bernhard war vor drei Jahren gegangen, als die Streitereien zwischen ihm und Ma eskaliert waren. Jetzt gab es tagsüber, solange meine Mutter in ihrem Café war, nur noch mich. Und hin und wieder Selma, Oskar und Chapeau Claque. Und dann noch – im Inneren meines Laptops – Hannes_auf der Suche nach Glück. Er war eine Interneterrungenschaft, sozusagen. Ich hatte mich an einem dieser schlimmen Nachmittage, in denen ich nicht ich, sondern jemand völlig Fremdes, umgeben von einer Art Nebel, war, bei einer Online-Dating-Seite angemeldet. Mein Pseudonym war Amaras Vorname, der Einfachheit halber, schließlich stahl ich zur Erstellung meines Profils auch Fotos von ihr. Amara, mit schmalen Lippen lächelnd. Amara im Profil beim Aus-dem-Fensterschauen auf Kreta. Amara in Schwarz-Weiß, mit Sonnenbrille und Sphinxblick.

Und Hannes_auf der Suche nach Glück war mein erster Treffer, mein erstes virtuelles Rendezvous gewesen. Nicht mal Oskar, der sonst alles wusste, hatte ich davon erzählt.

Hannes_auf der Suche nach Glück war schon über vierzig und er betrieb irgendwo im Osten von Deutschland ein kleines Puppentheater, ähnlich der Augsburger Puppenkiste, nur dass seine Puppen größer waren, wie Hannes_auf der Suche nach Glück mir erklärt hatte. Er führte sie außerdem nicht an Fäden, sondern stand selbst mit ihnen auf der dunklen Bühne, wobei er in schwarzen Klamotten steckte, und man darum in erster Linie die bunten Figuren ansah und nicht den schwarzen Puppenspieler dahinter. Er sagte, er könne Klavier, Geige, Klarinette und Mundharmonika spielen. Das klang alles gut und vertrauenswürdig, fand ich.

Hannes_auf der Suche nach Glück mochte mich, wenn ich Amara war, er schüttete mir sein Herz aus, und ab und zu schrieb er auch über Sex und solche Sachen. *Du bringst meinen Körper zum Vibrieren*, kam von ihm. Und *Alles in – und an – mir, verzehrt sich nach dir.*

Aber nicht mal er war heute online.

Genauso wenig wie Oskar, der montags am Nachmittag immer Physikclub hatte. Und an den Montagabenden ging er immer in einer Halle klettern.

„Komm doch mal mit", hatte er schon oft gesagt, aber ich konnte nicht. Ich schaffte es einfach nicht, mich aufzuraffen.

Heute hingen meine Gedanken sowieso bei dieser Castingshowidee fest.

Sollte ich – wirklich? Hatte ich denn eine Chance? Ausgerechnet *ich*?

Leise begann ich zu singen und mir dabei selbstkritisch zuzuhören. Ohne Signes aufmunterndes Lächeln war es schwerer, einen Einstieg zu finden. Ich wollte nichts falsch machen.

Unser Telefon klingelte, der Anrufbeantworter sprang an. Mit halbem Ohr hörte ich einem Vertreter für vegane Backzutaten zu, der meiner Mutter etwas verkaufen wollte. Mit einem Fuß stieß ich genervt meine Zimmertür zu und sang mich leise und leicht unsicher durch *Somewhere over the rainbow* aus dem Zauberer von Oz. Das war der Lieblingssong meines Vaters, früher hatten wir ihn manchmal zusammen gesungen, aber das war schon Jahre her. Verdammt, wie viel besser war es gewesen, ein Kind zu sein. Damals war die Welt noch in Ordnung gewesen. Wenigstens einigermaßen.

Aber jetzt?

Okay, *Somewhere over the rainbow* ging gar nicht. Ich versuchte es mit *Hey there Delilah*, aber das klang einfach nicht richtig mit meiner Stimme. Dazu brauchte es die sanfte Stimme eines Jungen, besser noch die sanfte Stimme eines Mannes.

Ich sang den Anfang des Songs *It's only pain* von Katie Melua, ein bisschen *Waka, Waka* von Shakira und sogar ein Stück aus dem bescheuerten *Poker Face* von Lady Gaga.

Alles hörte sich falsch an. Falsch und schlecht, alles andere als professionell. Ich war eben kein Star. Ich war nur ich. Elina Lawall.

Elina Einsiedlerkrebs Lawall, die Nichtssagende.

Schon mein Gesicht war zu gewöhnlich für die Bühne. Selbst wenn es sich nur um einen Dreiminutenauftritt handeln würde.

Wie in Zeitlupe schlich ich mich ins Badezimmer und knipste dort das grelle Deckenlicht an. Der Spiegel fing mich augenblicklich ein. In meiner ganzen Mittelmäßigkeit. Eine ganze Weile stand ich so da und wir sahen uns an mit zusammengekniffenen Augen, mein Spiegelbild und ich.

Meine Augen waren trotz der schlammigen Farbe meiner Iris noch das Beste an meinem Gesicht. Sie waren einigermaßen groß, vielleicht standen sie einen Hauch zu dicht beieinander, aber es war auszuhalten. Meine Wimpern aber waren schon ein Problem. Statt üppig, dicht und schwungvoll gebogen wie Selmas, waren meine fein, farblos und vor allem eher gerade als gebogen. Meine Nase? Nichtssagend. Vielleicht etwas zu breit. Mein Mund? Oskar mochte meinen Mund, nannte meine Lippen manchmal spaßeshalber Negerlippen. Das war, wie er selbst zugab, zwar nicht politisch korrekt, aber dennoch als Kompliment gedacht. „Sexy, echt ...", hatte Oskar – aber eben nur Oskar – einmal gesagt. Ich schürzte meine Lippen für den Bruchteil einer Sekunde zu einem Kussmund à la Marylin Monroe, ließ es aber gleich wieder sein. Fakt war, ich war noch gänzlich ungeküsst. Bernadette, ein Mädchen aus meinem Jahrgang, hatte einmal den Verdacht geäußert, zwischen mir und Oskar würde etwas laufen, ich wäre seine *Freundin* – was ich ja auch war, allerdings nicht auf die Art, wie Bernadette es vermutet hatte. „Allah sei Dank nicht", hatte Selma dieses Missverständnis entschieden kommentiert. Wie auch immer, es hatte noch nie jemanden gegeben, der mein Gesicht berührt, geschweige denn es geküsst hatte.

Ich würde gerne dein schönes Gesicht mit meinen Fingerspitzen liebkosen. Streicheln. Mit Küssen bedecken. Meine Stirn an deine lehnen, hatte Hannes_auf der Suche nach Glück zwar erst letzte Woche geschrieben, aber er dachte dabei an das falsche Gesicht, wenn er es auch nicht besser wusste.

Verdammt auch, dass unsere kleine Doppelhaushälfte, also eigentlich Signes kleine Doppelhaushälfte, am Ende einer Sackgasse stehen musste. Hier, im Nirwana dieser kleinen, nichtssagenden Straße, war nicht mal mehr Verkehrslärm zu hören, der die unerträgliche Stille übertönen konnte. Höchstens Blätterrauschen, Vogelgesang im Sommer, Krähenkrächzen im Winter und dazu Wind, der um die Hausecke blies. Aber sogar der Wind, die Bäume und die Krähen hielten heute still, während ich und mein Gesicht uns immer feindseliger musterten.

Und wieder passierte es, ohne dass ich es aufhalten oder verhindern konnte. Die Welt um mich herum schlief ein. Nur ich alleine blieb übrig.

Nur ich.

Nur

Ich

Allein

Elina?

Elina?

Hallo? – Hörst du mich? Siehst du mich?

Fühlst

Du

Mich?

Ich sah mich an.

Mich?

Wer war ich? Was war ich?

Ich war – nichts.

Ich versuchte es mit dünner, kraftloser Stimme und einem anderen Song: *Anything you can do* von Irving Berlin, ein Klassiker.

Haha, welch eine Farce, ausgerechnet diesen Titel zu singen – Was konnte ich schon? Und was sollte ich schon besser können als andere?

Meine Zunge war ein träger Fremdkörper in meinem Mund. Dick und pelzig und wie ein totes Tier.

Ich kannte dieses Gefühl schon, solange ich zurückdenken konnte.

„Was habe ich, Ma? Was?“, hatte ich früher geweint und mich an die Brust meiner Mutter geschmiegt. Wie alt war ich damals gewesen? Sechs? Sieben?

„Was meinst du denn bloß, Eli?“

„Es fühlt sich an, als hätte ich etwas Riesiges im Mund. Ich kann nicht schlucken, es würgt mich, es fühlt sich an, als bekäme ich keine Luft mehr."

Es war wie eine Bettdecke in meinem Mund, besser ließ es sich, beim besten Willen, nicht beschreiben. Eine dicke Decke, die in meiner Kehle, meinem Hals feststeckte und sich dort auf und ab bewegte, als würde darunter jemand atmen.

Ich starrte mich im Spiegel an und klammerte mich an den Rand des Waschbeckens.

„Vielleicht eine verschwommene Geburtserinnerung", hatte mal eine Heilpraktikerin angedeutet, zu der meine Mutter mich in ihrer Ratlosigkeit geschleift hatte.

Geburtserinnerung?

Mir wurde schwindelig. Ich hatte das Gefühl, jeden Moment zu stürzen. Innerlich und äußerlich.

Ich suchte wie verrückt nach einem Halt. Meine Finger schmerzten vom Festklammern am weißen Beckenrand, aber irgendwann – und das war das schlimmste Gefühl – wurden auch sie taub und gaben keinen Halt mehr.

„Bitte ... bitte ... bitte ...", flehte ich zu niemand Bestimmtem. In meinem Kopf hörte ich dieses laute, gefährliche Rauschen, das ich nur zu gut kannte.

Warum. Hatte. Ich. Niemanden. Warum. Fühlte. Ich. Mich. Immer. So. Alleine.

Verdammt, ich brauchte jemanden, der mich festhielt.

Oskar? Ich mochte es, wie er lachte und wenn ich seine Schritte auf der Treppe hörte. Dann war ich nicht länger alleine.

Ich versuchte, weiter an Os zu denken – aber es gelang mir nicht.

Selma? Wenn sie bei mir übernachtete, hörte ich ihren leisen Atemzügen zu, nachdem sie eingeschlafen war, und versuchte, nicht an das klamme Gefühl der kommenden Nacht zu denken, in der ich wieder alleine sein würde.

Aber auch der Gedanke an Selma verschwamm und löste sich auf.

Meine Mutter? Sie roch nach Kuchen und Stress und ihre Gedanken kreisten fast immer um Amara. Warum nur? Warum war Amara wichtiger als ich?

Mein Vater? An ihn zu denken gab mir gar nichts. Er hatte mit mir und meinem Leben nichts mehr zu tun – egal, was Selma dachte. Egal, ob er mir hin und wieder einen Zwanzigeuroschein zusteckte. Er vergaß mich, sobald ich die Tür hinter mir zuzog.

Signe? Ihre Listen? Ihr außergewöhnliches Leben? Mit einem Bein im Grab? Ein Schauder aus Angst, dass sie bald sterben könnte, durchfuhr das, was noch da war von mir.

Ich wimmerte leise und knickte ein.

Meine Stirn fühlte kalte Badezimmerfliesen.

Hannes_auf der Suche nach Glück – das Internetphantom? Er hatte geschrieben, er träume von mir. Aber er meinte nicht mich. So viel stand fest.

Ich begann über den Boden zu robben wie ein verletztes Tier. Mein Ziel war die schwere, alte Badezimmerkommode...

Ahhhhhhhh, ich atmete tief ein und aus.

Es – wurde – besser.

Ich?

Ja.

Ich.

Ich spürte mich wieder.

Ich war wieder da.

Mein Herz schlug mir rasend bis zum Hals und meine

Fingerspitzen verstrichen helles, warmes, lebendiges Blut.

Schmerz ...

Ich war nicht tot. Nicht spurlos. Nicht verschwunden. Ich hatte mich nicht aufgelöst.

Ich atmete durch und richtete mich auf.

Meine Hände und alles andere fühlten sich wieder lebendig an.

Von der Spitze der Nagelschere tropfte mein helles Blut.

5

„Eli? He, Elina! – Oskar ist da ...“, rief meine Mutter von unten. Es war Mittwochnachmittag. Mittwochs hatte Oskar keine Termine, da kam er fast immer. Und mittwochs kümmerte sich meine Mutter von zu Hause aus um ihre Bürosachen und überließ das Zucker Anuschka, ihrer russischen Angestellten, die dick wie ein Flusspferd, aber herzensgut war. Als ich noch klein war, hatte Anuschka mich hin und wieder lachend umarmt, einfach so, wenn ich mich in der Küche des Zucker herumtrieb, und in ihren dicken Armen gehalten und geknuddelt. „Lächel mal, lächel mal, Küken ...“, flüsterte sie dazu in ihrem wunderschönen russischen Akzent. Oder sie sang mir leise ein Kinderlied aus ihrer Heimat vor. Als ich größer wurde, hörte sie natürlich mit all dem auf. Im Nachhinein versuchte ich mich oft zu erinnern, wann genau der Moment gewesen war, in dem sie mich zum letzten Mal Küken genannt und in ihren Armen gewiegt hatte, aber ich kam nie darauf.

Os' Schritte auf meiner Treppe näherten sich.

„Komm rein“, sagte ich gepresst, als er oben war.

„Kein Frauennachmittag heute?“

Oskar – zur Abwechslung mal ohne Hund – machte zögernd einen Schritt durch die Tür.

Ich schüttelte den Kopf.

„Was machst du dann? Seele baumeln lassen? Oder Listen schreiben?“

Ich schüttelte erneut zu allem den Kopf. Dabei hatte ich bis eben noch an einer Liste gesessen.

„Also nur Rumhängen?“

Oskar sank auf meine Fensterbank, schälte sich aus seiner Jacke und ließ sie auf meinen Holzboden fallen.

Hoffnungen war die Überschrift meiner aktuellen Liste, die jetzt unter meinem Kopfkissen zerknitterte. Ich wollte nicht, dass Os sie zu Gesicht bekam.

Hoffnungen, dann ein Doppelpunkt und darunter sechs Worte. *Überleben. Einen Song schreiben. Erfolg. Leben. Liebe.*

Hinter *Liebe* stand ein Fragezeichen.

„Hast du dich inzwischen entschieden?"

Oskar konnte, wenn er wollte, sehr beharrlich sein. Das hatte ich schon gelernt.

Ich schwieg.

„He, Elina, wenn ja, dann musst du heute deine Anmeldung *bestätigen*. Hast du denn die Teilnahmebedingungen nicht gelesen? Ich denke, du liest immer alles tausendmal, was wichtig ist? Erinner dich an diesen Endloswälzer *Jane Eyre* – diesen Schinken hast du doch auch circa eine Million Mal hintereinander gelesen, weil er deine Seele so angekickt hat."

Ich hatte. Ich wusste. Ich erinnerte mich. Aber ich zauderte noch.

„Ich habe nicht mal eine Ahnung, was ich da vorsingen könnte", gestand ich schließlich leise. Die Wintersonne stand direkt vor dem Fenster und krönte Oskars ohnehin schon wahnsinnig helle Haare mit einem übernatürlich schimmernden Kranz aus Licht. Staubpartikel schwebten um uns herum wie winzige Schneeflocken. Ich drückte mein rotes Herzkissen mit den beiden Schlenkerhänden gegen meinen Bauch und kämpfte gegen meine Nervosität an, die augenblicklich ausgebrochen war, sobald Oskar das Casting erwähnt hatte.

Er starrte mich an. Seine Augen waren wie Röntgengeräte.

Er sah es. Er sah es immer, aber er sagte nicht immer etwas.

Er war zwar, laut Selma und einer Menge anderer Leute, in vielerlei Hinsicht ein absolut uncooler Typ, aber so ganz stimmte das nicht. Er war notenmäßig ein glatter Einserkandidat. Und dazu war er megasportlich. Diese beiden Posten hielten ihm die Stange.

Aber da waren eben auch die anderen Dinge, die nur ich wusste. Zum Beispiel schlief Os abends mit Ohrstöpseln in den Ohren ein, weil er alte Kinderhörspiele wie *TKKG* und *ALF* und *Die Chroniken von Narnia* und solche Sachen rauf und runter hörte, bis ihn der Schlaf übermannte, den er sonst nicht fand.

„*Easy to be hard*, natürlich", sagte Oskar jetzt. „Was sonst? Ich liebe es, wenn du das singst ..."

Er beugte sich vor und berührte für einen Moment, der sich wie eine Ewigkeit anfühlte, meine Arme. Sie aber waren schwer wie Blei und taten mir weh.

Easy to be hard? Dieser Song aus dem Musical *Hair*, den eine betrogene junge Mutter für ihren davongegangenen Exfreund singt und ihn bittet, zu ihr zurückzukommen? Ich liebte dieses Lied genauso, warum auch immer. Auch die Filmszene dazu hatte ich mir unendlich oft auf DVD angesehen.

Ich bekam Gänsehaut.

„Oh, Os", sagte ich leise und dankbar.

Er lächelte mir zu. Sein Blick war sanft und hoffnungsvoll. Es gab viel zu hoffen. Nicht nur für mich. Auch für ihn. Das Leben? War eine Baustelle. In jeder Hinsicht. Wenigstens für Menschen wie Oskar und mich.

Liste meiner Sehnsüchte:
Ruhe
Frieden
Lachen
Anerkennung

Liebe
Küssen
Wirklichkeit

Und so war es dann gekommen.

„Du willst das also tatsächlich machen, Eli?", fragte meine Mutter skeptisch an einem Samstagvormittag, an dem Amara überraschend zu Besuch kam, und ich meine Mutter, die an diesem Tag nach zitronigem Zuckerguss roch, um ihre Unterschrift für das Vorrundencasting bat.

Ich nickte. Wir saßen zu dritt an unserem Esstisch im Wohnzimmer.

Amara hatte auf ihrem alten Stuhl Platz genommen, ganz automatisch, dabei saß ich jetzt normalerweise dort. Aber Amara beachtete solche Kleinigkeiten nicht.

Meine Mutter wuselte nervös um uns herum und gab sich Mühe, es allen recht zu machen, was niemals funktionierte, wenn meine Schwester zu Besuch war.

„Singen? Bei einer Castingshow? *Du?*", sagte Amara jetzt und zog eine Augenbraue hoch. Augenbrauenhochziehen war eine ihrer vielen grausamen Gemeinsamkeiten mit Bernhard. Auch er zog zu beinahe allem, was ich machte, eine Augenbraue nach oben. Wenn er denn überhaupt mal was davon mitbekam, meine ich.

„Ja", sagte ich gereizt und beschmierte meinen Toast so dünn wie möglich mit Margarine. „Warum nicht?"

Amara warf mir einen vagen Blick zu. „Irgendwie passt das überhaupt nicht zu dir, oder? – Warst du nicht mit zehn noch zu schüchtern fürs Kinderballett? Oder hab ich das falsch in Erinnerung?"

Amara selbst hatte jahrelang Ballett getanzt. Praktisch seit sie selbstständig hatte laufen können. Und sie hatte es bis zum Tanzabzeichen in Gold geschafft.

Irgendwie kam es mir so vor, als seien in unserer Familie immer alle mit allem, was die anderen machten, unzufrieden.

„Und war da nicht auch mal was mit einem Schulauftritt, wo du das komplette Bühnenbild umgerissen hast, weil du dich aus Panik vor deinem *Miniauftritt* darin verheddert hattest?"

Amara lachte kurz auf. Es war typisch für sie, dass sie sich an diese Geschichte erinnerte, obwohl sie selbst nicht mal dabei gewesen war. Aber irgendwie hatte sie davon Wind bekommen und sich die Story gemerkt. Sie prägte sich grundsätzlich nur meine Missgeschicke und Pleiten ein.

Amara-Tage waren für mich einfach keine guten Tage. Ich verstand nicht, warum sie mich nicht mochte, aber Tatsache war, dass sie mir immer das Gefühl gab. Und zwar schon solange ich denken konnte.

Als ich drei gewesen war, war Amara ein paar Tage nach ihrem achtzehnten Geburtstag überstürzt von zu Hause ausgezogen.

Einmal sagte Herr Petry, der Nachbar auf der anderen Seite unseres Doppelhauses, dass wir uns sehr ähnlich sähen. „Hübsche Schwestern", sagte er mit schnapsschwerer Stimme. „Zwei Grazien. Eine Große und eine Kleine. Eine Helle und eine Dunkle."

Damals war ich vielleicht fünf und Amara war für ein paar Tage zu Besuch. Die Luft war während dieser Tage zum Schneiden dick. Ich spürte das, wenn ich es auch noch nicht in Worte fassen konnte.

Ich saß an diesem Nachmittag jedenfalls bedrückt im Garten auf meinem Traumstein, wo ich früher oft war. Für mich hatte er die Form eines Engels, aber weder Ma noch Amara konnten ihn sehen. Für sie war es bloß ein normaler, dicker, schiefergrauer Stein, der aus unerfindlichen Gründen am hinteren Ende des Gartens herumlag und stellenweise mit Moos bewachsen und umgeben von wilden Stachelbeeren war. Keiner bei uns hatte einen grünen Daumen, niemand nahm sich des verwilderten Gartens an. Auch Herr Petry nicht, der damals noch alleine war. Ein einsamer, frustrierter Säufer, der zum Kotzen schlecht roch, wie Amara immer sagte.

„*Sie* soll mir ähnlich sehen?", war Amaras brüskierte Antwort gewesen. Sie schleuderte Herrn Petry einen empörten Blick zu. „So ein Blödsinn. Die ist nur ein verrotztes Kleinkind, weiter nichts!"

Amara ging mit langen Schritten davon, ohne mich eines weiteren Blickes zu würdigen.

Und sie hatte natürlich recht. An ihr war alles perfekt, neben ihr wirkte ich wie Mangelware.

„Was Quatsch ist", sagte Oskar. Aber Oskar würde mich vermutlich auch dann noch ansehnlich finden, wenn mein Gesicht in einen Mähdrescher geraten würde. „Amara ist ein *Eisschrank*, Elina", sagt er. „Was erwartest du von einem Kühlaggregat – außer Kälte?"

Seiner Meinung kann man in dieser Hinsicht nicht vertrauen, absolut nicht.

Amara ist blond, ich bin schmuddelig dunkelhaarig.

Amaras Gesicht ist herzförmig, sagt Bernhard immer. Meins ist irgendwie kantig. Sage ich. Bernhard sagt in dieser Richtung gar nichts mehr. Über mich zu sprechen vergisst er in schöner Regelmäßigkeit insgesamt. So wie er auch meinen Geburtstag hin und wieder vergisst und sich erst ein paar Tage später meldet, um den raschen Übergabetermin für einen Zwanzig- oder Fünfzigeuroschein auszumachen.

Amaras Augen sind hellgrün. Meine pfützenfarben.

Amaras Nase ist klein und schmal, meine breiter und etwas größer.

„Mach dir nichts draus, Kleinchen", hatte Herr Petry an diesem Nachmittag im Garten nach Amaras verächtlichen Worten gesagt und war seiner alkoholisierten Wege geschlurft.

Darum verzog ich mich, wenn Amara kam, regelmäßig in mein Zimmer unter dem Dach.

Warum kam sie überhaupt noch nach Hause? Nur um mit unserer Mutter zu streiten. Dabei wurden sie nie laut, aber die Tage dann zu denen mit so angespannter Luft, dass man fast Mühe hatte zu atmen. Das war eben ihre Version von Krieg, und ihre Waffen waren gezischte Worte, böse Blicke, Flüstern, zugeschlagene Türen und laute Schritte.

„Fersenlastige Schritte", sagte Oskar. „Ganz schlecht für die Fußgelenke, aber daran denken sie eben nicht."

Ich verstand nie, warum meine Mutter und Amara sich so anfeindeten. Was war nur schiefgelaufen zwischen ihnen? Und ab wann? Auf alten Bildern aus Amaras Kindheit waren die beiden immer so sehr ein Herz und eine Seele gewesen, dass ich es kaum ertrug, diese Aufnahmen anzusehen. Damals hatte meine Mutter eindeutig noch Spaß am Kinderaufziehen gehabt, das war deutlich zu erkennen.

„Warum hast du nur die Schule nicht zu Ende gemacht?", zischte Ma hin und wieder in einer sinnfreien Endlosschleife. „Das wäre doch möglich gewesen. *Alles* wäre möglich gewesen. Bernhard und ich haben doch ..."

„Oh ja, das ist das Einzige, was dich interessiert ...", unterbrach Amara sie zischend. „Mein *Schulabschluss* – in Ewigkeit, Amen! Als ob es nichts *Wichtigeres* gäbe. Als ob ich keine *anderen* Probleme gehabt hätte."

„Du hättest studieren können, Amara! Du bist doch so intelligent ..."

„Verschon mich mit deinen hochtrabenden, idiotischen Zukunftsplänen, Maria, ehe ich zu kotzen anfange."

„Du stehst dir doch nur selbst im Weg, Amara! Nach all den Jahren noch. Siehst du das denn nicht?"

„Hör auf, die Psychologin zu spielen, Maria! Du machst dich lächerlich! Du kannst Torten backen, weiter nichts! *Schuster, bleib bei deinen Leisten.* Sagt man das nicht so?"

Sie lachte höhnisch auf, aber es klang alles andere als fröhlich. Es klang auf ihre Weise fast traurig. Trotzdem konnte ich kein Mitleid mit ihr haben. Ihre Gefühlskälte machte das unmöglich.

„Amara, wenn du mir doch nur endlich sagen würdest ..." Mas Worte verebbten.

„Lass mich, Maria! Bitte!"

Und damit ging das halblaute Zischen wieder in gezischtes Flüstern über, was noch schlimmer und böser klang.

Zum Schluss weinte meine Mutter jedes Mal. Amara hingegen hielt es wie ich. Sie weinte nie. Zumindest hatte ich sie noch nie weinen gesehen. Wenigstens das verband uns, das Nichtweinen. Stattdessen fror ihr Gesicht ein.

„Ein deprimierendes Gen, dieses Nichtweinen-Gen, das ihr euch da schwesterlich teilt", hatte Os mal gesagt.

Ich ging meine Treppe nach oben und hielt mir mit beiden Händen die Ohren zu. Aber innerlich schrie ich gegen dieses Gezische in unserem Wohnzimmer an.

„Blöde Schlampe! Fotze! Ische!", brüllte ich in mir drin, so laut ich konnte, und meinte damit – tatsächlich – meine schöne, kalte, unnahbare Schwester. Mein Herz schlug mir bis in den Hals und ich hatte das Gefühl, gleich nicht mehr atmen zu können.

Um nicht laut dagegen anzuschreien, einfach nur, um mir Luft zu machen, riss ich ein Taschenbuch, das aufgeschlagen auf meinem Nachttisch lag, in Fetzen. In winzige Fetzen. *Wir sind doch Schwestern* war sein blödsinniger Titel.

„Fotze, Fotze, Fotze ...", dachte ich dabei und riss und riss und riss das Buch, das eigentlich Selma gehörte, kaputt, bis ich in einem Meer aus winzigen Papierfetzen saß.

Bücher zerstören? Oh mein Gott. Dass es so weit kam. So etwas tat man einfach nicht. Man zerstörte keine Bücher.

Ich war wirklich das Letzte.

Warum regte ich mich über Amara nur immer wieder so auf? Warum konnte ich sie nicht einfach ausblenden, wie sie mich ausblendete? Warum konnte ich sie nicht – abschütteln?

* * *

Ach, Os ...

Wenn du wüsstest, was ich außerdem getan habe.

Die Sache mit diesem Luuk – an diesem Tag – nach dem allerersten Casting.

Verdammte Hölle.

* * *

Ich hatte es wirklich gewagt, war ganz alleine zum Vorsingen aufgebrochen – fühlte mich wie im Nebel. Ich fuhr mit dem Bus und ich stieg zweimal um, die Ohren zugestöpselt gegen den Rest der Welt mit meinem I-Pod. Zum Schluss lief ich die letzten Straßen bergauf durch

Nieselregen, ich schaute immer wieder voller Panik auf meine Armbanduhr – sie war Vintage, ein Geschenk meiner weißen Großmutter – und schaltete schließlich vorsorglich mein Handy ab. Ich wollte weder von meiner Familie, noch von Os oder Selma an diesem Tag angerufen werden. Ich wollte auch keine Nachrichten erhalten. Ich brauchte meine Ruhe.

Dann war ich angekommen und folgte einer Traube aus Menschen zu einem Gebäude. Es stand am Stadtrand, am Rande des neuen Gewerbegebietes. Eine graue Weite, dazu das noch grauere Gebäude, die angebaute Funkanstalt des Messegeländes. Noch keine Kameras in Sicht – Gott sei Dank. Keine Übertragungswagen des Privatsenders, keine Presse. Und eigentlich kein Ort für jemanden mit Platzangst wie mich.

Ich atmete stoßweise, während ich die Treppen nahm, die zum Eingangsportal führten, und konnte zu Beginn kaum sprechen, aber irgendwie schaffte ich es, mich zusammenzureißen.

Name?

Elina Lawall.

Der durchdringende Blick einer grau kostümierten Empfangsfrau. Zuerst auf mich und dann auf die Liste der Anmeldungen. Ihr platinblondes Haar blendete mich.

„In Ordnung. In einer halben Stunde geht es los. Da lang, bitte."

Überall waren Menschen.

Ich bestand nur noch aus Molekülen der Aufregung.

Lampenfieber überflutete mich.

Dennoch nickte ich und reihte mich in die Menge der unruhigen Wartenden ein. Dort verharrte ich minutenlang, bis ich mich endlich mühsam aus dieser Starre befreien konnte und zu den Toiletten hastete, die glücklicherweise ausgeschildert waren.

Alleine sein. Wenigstens für ein paar Minuten. Nur ein paar Minuten ...

Verrückt, wie die Stimmen von vielen, die alle gleichzeitig sprechen, zu solch einem wahnsinnig lauten Summen zusammenfließen können. Dieser Lärm dröhnte in meinen Ohren mit einer Art beißendem Nachhall. Ich war auch nicht mehr in der Lage, das Summen in verständliche Worte zurückzuverwandeln. Kein einziger Wortfetzen war zu verstehen. Ich hörte mich nur selbst leise Geräusche ausstoßen, die wie eine Art Wimmern klangen. Zum Glück gingen sie im lauten Summen unter, bevor jemand sie wahrnehmen konnte.

In der engen Toilettenkabine, die nach chemischer Zitrone roch, atmete ich auf. Hier war es besser.

An die Wand hatte jemand mit Edding und schwungvoller Handschrift obszöne Sachen geschrieben. Mir wurde wahnsinnig schwindelig, aber ich versuchte, nicht darauf zu achten. Stattdessen kühlte ich meinen Kopf an den kalten Kacheln neben dem Satz *Ich will ficken! Ficken! Ficken! Mach's mir, Typ – hier und jetzt!* Welches Mädchen, welche Frau schrieb nur so etwas? Ich wühlte mit zittrigen Fingern in meinem Rucksack herum. Wo war nur die verdammte ...?

Ah ... hier.

Meine Hände waren kalt und klamm, aber ich musste es tun. *Auf keinen Fall* durfte ich mich heute verlieren ...

Stechen. Stechen. Stechen. Meine Augen brannten, der Schmerz überrollte mich, aber ich atmete schon ruhiger.

Ich stach nur in meine Kniekehlen. Schmerz ... und Blut. Zeichen dafür, dass ich lebte. Dass ich fühlte. Dass ich da war. Dass ich mich noch nicht verloren hatte.

Hastig verband ich hinterher meine Knie mit zwei mitgebrachten Mullbinden. Dann schnell die Jeans wieder drübergezogen. Sah man etwas? Nein, nichts. Wenigstens auf diesem Gebiet war ich Profi.

Ich atmete auf und wischte mir Schweiß, Tränen und verirrte Haarsträhnen aus dem Gesicht. Ich wagte keinen Blick in einen der Spiegel, die über den Waschbecken hingen.

Ich wollte mich nicht sehen.

Ich spürte mich wieder. Das musste reichen.

Und dann ging alles ganz schnell.

Mein Name kam aus einem knarzenden Lautsprecher. Tönte hinein in all das laute, wirre Summen um mich herum.

Elena – äh ... Elina Lawall ...

Ich. Ich. Ich.

Ich stolperte nach vorne. Ich stieß gegen einen Scheinwerfer. Jemand lachte. Jemand trat aus dem Nichts neben mich und nahm meinen Arm.

„Immer langsam." Es war ein älterer Mann. Er lächelte eine Art Großvaterlächeln und sah aus wie der Hausmeister ...? Er passte ebenso wenig hierher wie ich. Das beruhigte mich.

So einen Großvater hätte ich gerne, dachte ich. Oder so einen Vater. Warum lächelte mein Vater mich nie auf diese Weise an? Sanft? Beruhigend?

So erreichte ich die improvisiert beleuchtete Bühne.

Und dann?

Ich sang *Easy to be hard.*

Und bekam Applaus.

„Das war gut. Wirklich sehr gut."

Die Jurymitglieder klatschten und lächelten mich mit

offenen Gesichtern an. Anerkennend. Eine Spur erstaunt? Hatten sie mir den Song und meine Stimme nicht zugetraut?

„Hey, Wahnsinn! Was für ein Stimmvolumen! Zum Gänsehautkriegen“, sagte einer von ihnen. Er hatte einen holländischen Akzent und hieß Luuk. Jedenfalls stand das auf dem Namensschild an seinem Sakko. *Luuk*? Wie *Luke*? Die anderen beiden Jurymitglieder, die ich schon von den letzten Shows aus dem Fernsehen kannte, nickten mir zu. Einer von ihnen, *Dan Yell*, der ein bekannter Musikproduzent und schon etwas älter als die anderen beiden war, überreichte mir meine Unterlagen.

„Wir sehen uns dann beim großen Casting im März wieder. Herzlichen Glückwunsch!“, sagte er mit einem Augenzwinkern und machte sich eine Notiz in seine Unterlagen. „Ich freu mich auf dich! Tolle Stimme!“

Damit war ich entlassen.

Auf wackeligen Beinen verließ ich die Bühne wieder. Der nette alte Hausmeister war nirgends mehr zu sehen.

Geschafft.

Oh. Mein. Gott.

Alles an mir bebte. *Ich*, Elina Lawall, hatte es geschafft, die erste Hürde zu nehmen. Ganz alleine. Oskar hatte recht gehabt, ich bestand aus Musik. Ich konnte es schaffen.

Ich würde es allen zeigen.

6

Ich schlüpfte in meine Jacke und fuhr mir gerade durch die Haare, als mich doch noch ein Reporter abfing. Ein paar völlig fremde Mädchen, die noch nervös in der Schlange auf ihren Auftritt warteten, hatten mir eben noch begeistert gratuliert – eine hatte „Waaaaaahnsinn!" gerufen und mich dabei umarmt! Gleichzeitig trat dieser Luuk aus einer der Türen in meiner Nähe, auf denen „Privat" stand. Er las etwas auf seinem I-Phone und kaute gleichzeitig an einem halb ausgewickelten Müsliriegel. Wie es aussah, hatte gerade eine Drehpause begonnen.

„Elia Lawall, richtig?", fragte der Reporter mich und machte nun doch Fotos. Seine Kamera verriet durch viele aneinandergereihte Klicks, dass er eine Menge Aufnahmen hintereinander schoss – vermutlich um eine einigermaßen gute Auswahl an Bildern zu haben. Hastig versuchte ich zu lächeln und besser auszusehen als sonst, aber ich war mir nicht sicher, ob es gelang. Meine Augenlider flatterten, wie immer, wenn ich aufgeregt war, und mein Mundwinkel zuckte nervös, ich spürte es selbst – und meine Wangen wurden zu allem Überfluss auch noch feuerrot.

„*Elina*", korrigierte dieser Luuk an meiner Stelle und lächelte mir zu. Er trat neben mich und blieb dort stehen, als würden wir uns schon ewig kennen. Beim Singen hatte er mir von allen Jurymitgliedern am nächsten gesessen, wobei geflätzt das Wort war, das seine Haltung eher traf. Plötzlich berührte seine Hand für einen Moment meinen Rücken. Es war nicht mehr als der Hauch einer Berührung. Ich spürte, wie mich eine Gänsehaut überlief. Er roch angenehm nach einem frischen Aftershave und war groß und muskulös. Selma hätte er bestimmt gefallen. Er war das, was sie ihr Beuteschema nannte. Am Handgelenk trug er eine teure Uhr, außerdem ein schwarzes enges *Hollister*-T-Shirt, eine helle Jeans und einen *Dolce&Gabbana*-Gürtel. Warum starrte ich ihn nur so an? Gerade schob er sich das letzte Stück Müsliriegel in den Mund und steckte dann sein I-Phone in die Hosentasche. Wie alt er wohl war? Ich schätzte ihn auf Ende zwanzig, war mir aber nicht sicher. Er konnte auch jünger sein. Oder sogar – älter? Der dunkle Schatten eines Dreitagebartes lag auf seinem sonst makellosen Gesicht, trotzdem sah er aber irgendwie jungenhaft aus. Deutlich jungenhafter jedenfalls als vorhin auf der Bühne, wo er mir lächelnd beim Singen zugeschaut hatte. Da hatte ich ihn dank meiner Aufregung allerdings nur wie durch einen Nebel wahrgenommen.

„Süße sechzehn bist du?", wiederholte der Reporter das, was ich auf der Bühne sowieso gerade erst von mir preisgegeben hatte. „Und du fühlst dich also wohl, wenn du singst?"

Genau das hatte ich stotternd auf Luuks Frage nach meiner Motivation, an diesem Casting teilzunehmen, geantwortet.

Ich nickte schwach, während der Reporter mich abschätzend von Kopf bis Fuß taxierte und aus dem Grinsen nicht herauskam, wie es schien. „Aber du machst sowas trotzdem nicht dauernd, was? Du bist eigentlich eher so der Typ ..." Der Mann mit der Kamera in der Hand grinste mir zu und kam einen Schritt näher, dabei tat er, als suche er mühsam nach den richtigen Worten. „... stilles, entrücktes Ich-fürchte-mich-vor-der-Welt-Mäuschen, hab ich recht?"

Wieder spürte ich Luuks Hand an meinem Rücken.

„Ich glaube, jetzt haben Sie genug Bilder von ihr gemacht, und vor allen Dingen genug gequatscht“, sagte er freundlich, aber bestimmt, und wies mit einer raschen Kopfbewegung zum Ende des Ganges, wo auf einer schwarzen Schwingtür ein provisorischer Zettel mit der Aufschrift „Zur Showbühne – Bitte Ruhe!“ klebte. Dort war ich gerade herausgekommen. „Da geht's lang ... Dahinter warten garantiert noch mehr heiße Mädels, die sie ausquetschen können.“

Noch mehr heiße Mädels ... Noch mehr ... Mehr ...? Hieß das, er steckte mich – mich? – in die Kategorie der heißen Mädchen?

Jetzt lachte er leise und legte ganz leicht seinen Arm um meine Schulter, während der Reporter leicht verstimmt seiner Wege ging.

„By the way, hast du noch ein paar Minuten, *Mausi*?“

„Was?“

Ich sah ihn überrascht an und – klar – stolperte dabei über meine eigenen Füße. Amara hatte schon recht, wenn sie sagte, ich sei nichts als ein Trottel, ein Elefant im Porzellanladen, eine einzige Katastrophe.

„Stilles Mäuschen ist gleich Mausi“, flüsterte Luuk mir grinsend ins Ohr. Eine Sekunde lang streiften seine Lippen dabei mein Ohrläppchen. Ich spürte, dass ich leicht zitterte, und vermutlich spürte er das auch.

„Komm mit“, sagte er jedenfalls.

„Wohin?“

„Irgendwohin, wo wir in Ruhe ... ein bisschen quatschen können. Hey, du brauchst keine Angst vor mir zu haben. Ich bin nicht der große böse Wolf, auch wenn ich vielleicht danach aussehe.“

Wieder dieses leise, weiche Lachen, das schön klang. Er sah nicht so aus. Stattdessen sah er jungenhaft aus. Und cool. Und gut.

„Ich ..."
Er sah mich direkt an, seine Augen tauchten in meine. „Elina, ich weiß, es klingt verrückt, aber ich mag dich. He, das ist mir noch nie bei einem Casting passiert, dass ich ein Mädel auf Anhieb so mochte wie dich gerade! Und bis wir beide uns im März beim Recall wiedersehen, wird verdammt viel Zeit vergehen."
Wieder dieses schiefe Lächeln. „Du bist irgendwie ... etwas ganz Besonderes. Deine Stimme und dazu deine – süße, unverdorbene Ausstrahlung. Dieser Blick, den du da auf dem Kasten hast! Dieser erstaunte Kinderblick ... Ich meine, du versuchst nicht krampfhaft, cool oder geil rüberzukommen. Du bist einfach du. Das gefällt mir ... Das gefällt mir wahnsinnig gut."
Er war wie ein sprechender Magnet. Ich folgte ihm durch eine andere Tür, auf der ebenfalls „Privat" stand, dann gingen wir nebeneinander eine Treppe hinauf. Wie würde es jetzt weitergehen? Wo gingen wir eigentlich hin? Und warum lief ich ihm nur wie ein Hündchen hinterher?
„Das reinste Labyrinth, dieser Schuppen", sagte Luuk kopfschüttelnd und öffnete endlich eine Tür, durch die er mich hindurchwies. „Und überall diese miese Klimaanlagenluft. Warte, ich mache ein Fenster auf."
Der Raum, in dem wir nun standen, war mehr eine Kammer als ein wirklicher Raum.
„Mein Refugium. Sorry für die Katastrophenunordnung."
Ich sah mich um. Ein einsam dastehender, ziemlich beladener Stuhl, ein winziges Fenster und ein weißer Tisch auf dünnen Metallbeinen, auf dem sich ebenfalls ein Berg aus Sachen türmte. Ein eingeschalteter Laptop, zwei halb volle Flaschen stilles Wasser, eine Handvoll einge-

schweißte Müsliriegel, mehrere geöffnete Keksschachteln und eine offene Proseccoflasche. Außerdem eine teure Lederjacke, ein I-Pad, ein aufgeschlagener Collegeblock mit Kritzeleien und massenhaft Buntstifte. Auf dem Boden unter dem Tisch lag eine heruntergefallene, geleerte Packung Chips wie eine Insel in einem See aus Krümeln.

„Tja, sogenanntes Luuk-Chaos", sagte Luuk, grinste entschuldigend und schloss mit dem Fuß die Tür hinter uns. „Meine Mutter könnte dir ein Lied davon singen. Sie lebt in Amsterdam. Du hättest mal mein Kinderzimmer sehen sollen. Ungefähr eine Million herumliegender Playmobilfiguren und jede Menge anderer Mist. Und das über Jahre! Was sag ich – Jahrzehnte! Besagtes Luuk-Chaos eben."

Er lachte mich an und fuhr sich mit beiden Händen durch die dunklen Haare.

Ich lächelte verwirrt zurück. Was sollte das hier? Und warum hatte er mich hierher gebracht? Mein Herz klopfte, es war kurz vorm Zerspringen.

„Du bist wirklich eine süße Maus, Elina. Die beste Stimme dieses gesamten Castings bisher, das schwöre ich dir. Wir beide werden das Kind schon schaukeln. Ich meine, wir beide werden es schon schaffen, aus dir einen Star zu machen. Einverstanden?"

Er streckte einen Arm aus. „Komm mal her ... Mausi."

Er nahm mich in seine Arme und seine Hände waren überall. Ich? Ungeküsst? Das war vorbei. Luuk presste von einer Sekunde zur nächsten seine Lippen auf meinen Mund und öffnete ihn fast sofort mit seiner Zunge.

„Sagt dir *Dirty Talk* etwas, Mausi?", flüsterte er Augenblicke später in mein Ohr und fuhr auch dort mit der Zunge hinein. Eine unbekannte Welle von Irgendwas packte mich. Meine Knie wurden weich. Ich spürte etwas Hartes, das sich gegen meinen Unterleib presste. Luuk brauchte mich kaum mit sich nach unten zu ziehen. Wir sanken einfach so zusammen zu Boden. Obwohl ich nicht wollte. Ich wollte nicht, aber dennoch wurden meine Brustwarzen hart, sodass es in ihnen schmerzhaft zog. Genau mit der Art von Schmerz, den ich mir so oft selbst zufügte.

„Kleine Sau ...", flüsterte Luuk heiser und quetschte meine Brust rhythmisch mit seiner Hand. „Weg mit dem blöden BH. Ich will deine kleinen, süßen Titten in natura sehen, verdammt!"

Sein Atem in meinem Gesicht war sehr warm und intensiv.

Was um alles in der Welt passierte hier?

Als ich es endlich geschafft hatte, diesen Gedanken zu formulieren, spürte ich auch, dass ich schon nackt war – oder wenigstens so gut wie nackt, denn meine Jeans hing auf Knöchelhöhe und meine lila Chucks hatte ich noch an.

„Komm, du Mädchen mit der Soulstimme, mach mich mal heiß", flüsterte Luuk und seine Hand hielt meinen Hinterkopf. Ehe ich mich versah, berührten meine Lippen, mein Mund, seinen – Penis.

„Ja, so ist es perfekt, Süße."

Luuks Arme waren überall. Er umfing mich wie ein Raubtier sein Opfer. Seine Finger flogen über meinen Körper.

„Wusste ich's doch, dass du ein ganz heißes Teil bist. Von wegen stilles Mäuschen."

Er lachte leise und war jetzt dicht vor meinem Gesicht. Für Sekunden suchten seine Augen meinen Blick. „Wow, du bist ja scharf wie eine Rakete."

Mit diesen Worten drang er in mich ein. Ungeküsst? Noch nie Sex?

Es tat weh.

Es überrumpelte mich.

Aber er küsste mich. Ungestüm und die ganze Zeit.

„Küsse sind Zuneigung", sagte Selma immer. „Jungs, die nur geil sind, verschwenden ihre Zeit nicht mit Küssen."

Selma hatte schon zwei Freunde gehabt. Und Sex mit ihnen. Ich hatte sie auf der einen Seite darum beneidet, weil es Jungs gab, die *sie wollten*, im Gegensatz zu mir, wie es schien. Aber andererseits hatte ich auch immer Angst vor dem berühmten ersten Mal gehabt. *Wann? Wo? Mit wem? Wie würde es sein? Woher würde ich wissen, was ich tun musste?*

Mein Gesicht war glühend heiß.

Luuks Lippen pressten sich auf meine.

Er bewegte sich. In mir. Ich hielt die Luft an. Unter mir spürte ich Chipskrümel. Luuk schob mich mit seinem Körper auf ihnen hin und her. Mein Rücken begann zu brennen. Auch mein Unterleib brannte. Dennoch hörte ich mich laut atmen.

Warum tat er das? Begehrte er mich so sehr, dass alles so schnell gehen musste? War ich so *scharf*, wie er sagte? Warum hatte er mich so mir nichts, dir nichts mit hierher genommen? Hatte er genau das vorgehabt? Oder war es über ihn – über uns – gekommen?

Warum machte ich das mit? So schnell ... so überstürzt ... Das sah mir gar nicht ähnlich.

„Schlampe. Wilde Sau. Kleines Mädchen", flüsterte Luuk in mein Ohr. Er stöhnte leise.

Dann war es plötzlich vorbei und er rollte sich von mir herunter.

Einen Augenblick lagen wir einfach nur nebeneinander. Luuk atmete schwer. Aber dann ... dann hatte er es plötzlich wahnsinnig eilig, anders konnte man es nicht nennen. Er warf einen Blick auf sein I-Phone, das neben ihm auf dem Boden lag, und fluchte laut. *„Fuck!“*

Ich zuckte zusammen.

„Verdammt, Zeit vergessen“, fuhr Luuk klagend fort, aber am Klang seiner Stimme hörte ich, dass er schon wieder grinste. Er drehte sich zu mir um. „Daran bist streng genommen du schuld, Mausi. Einzig und alleine du.“

Ich richtete mich benommen auf.

Luuk beugte sich, während er eilig wieder in seine Sachen schlüpfte, zu mir hinunter. Mit seinem Zeigefinger fuhr er eine imaginäre Linie auf meiner erhitzten Wange nach.

„Exjungfrau, du“, sagte er leise. Und zufrieden, wie es schien.

„Was?“, flüsterte ich und wusste selbst nicht, was ich eigentlich fragen wollte.

„Glaubst du, ich hab das nicht gemerkt, Süße? Dass du es zum ersten Mal gemacht hast?“

Er lachte und zupfte erst an meinem Slip, dann an meiner Jeans.

„Los, zieh dich mal pronto wieder an. Ich muss zurück auf die Bühne. Dein Mösenknacker ist schon über der Zeit. Die werden sich garantiert Sorgen um mich machen und Wetten abschließen, welche von euch mich abgekriegt hat!“

Er lächelte mir zu und schloss seinen Gürtel. „Meinst du, du findest von hier aus den Weg alleine? Schon, oder? Im Zweifelsfalle immer den Notausgangsschildern folgen.“

Und damit schlüpfte er zur Tür hinaus. Seinen Laptop, sein I-Pad und sein I-Phone nahm er mit.

„Vorsicht ist die Mutter der Porzellankiste“, sagte er zum Abschied in seinem holländischen Akzent und winkte mir zu. Seine Haare waren zerzaust, seine Augen blitzten vergnügt. „Bin nämlich schon mal beklaut worden von einer Maus! Bis zum Recall, Mausi."

* * *

Sie liegt ganz still da. Jetzt nicht mehr auf der Wiese im regennassen Garten unter dem geöffneten Fenster mit der rosa Gardine, sondern im städtischen Kreiskrankenhaus. Ihre Augen sind geschlossen.

Sie schämt sich.

Sie ekelt sich.

Die ganze Freude über den Castingerfolg ist verschwunden, fortgeschwemmt, vergangen.

Nie wieder wird sie *Easy to be hard* über die Lippen bringen. Nie wieder, so viel ist sicher.

Ein stilles Mäuschen ist gleich Mausi.

Das waren seine Worte gewesen. Sie habe einen „erstaunten Kinderblick". Auch seine Worte.

Sie hat das Gefühl, ihn immer noch in sich zu spüren.

Ihre Mutter ist ebenfalls in der Klinik. Irgendwo wuselt sie aufgebracht herum. Auch ihr Papp hat kurz vorbeigeschaut. Er arbeitet bei der Kripo und ist immer in Eile.

„Verdammt, Eli", sagt Selma, die jetzt gerade bei ihr ist, leise. „Was sollte *das* denn? Was wolltest du bloß? In den Tod springen? Oder was?"

Ja, was sollte das?

Es hat mit dem zu tun, was gestern passiert ist.

Mit Luuk.

Gerade weil sie sich so beharrlich weigert, die Augen zu öffnen, sieht sie ihn immer noch überdeutlich vor sich. Sein schönes, ebenmäßiges Gesicht, seine hellen Augen, seine Stirn, seinen lockigen Haaransatz, seine Oberarme.

Sie erinnert sich an seinen Geruch, den festen Druck seiner Lippen auf ihren, den Moment, als sie in seinen Armen zu Boden sank.

Verliebt? Es ist unmöglich, das zuzugeben, aber da ist etwas. Ihr Herz schlägt schnell, wenn sie an ihn denkt. Und das muss sie seit dem Casting immerzu.

Er hingegen – er hat sie wohl einfach benutzt, genommen. Und bestimmt schon längst wieder vergessen. *Bis zum Recall, Mausi.*

Oder besteht vielleicht die Möglichkeit, dass er sie ebenfalls mag?

Gestern, als sie diese gefühlte Ewigkeit aus dem Fenster gestarrt hat, hat sie über nichts anderes nachgedacht. Warum hatte er sie so überrumpelt? War er einfach nur geil gewesen? Ein schrecklicher Gedanke.

„Jungs sind dauergeil, Eli", pflegte Selma hin und wieder zu sagen.

Immerhin hatte er sie geküsst. Lange geküsst. Ihre Lippen fühlen sich immer noch wund an. Etwas ist noch übrig von seinen Küssen.

Warum nur ist sie überhaupt mit ihm mitgegangen?

Darauf wenigstens gibt es eine Antwort. Einfach weil es sich so schön anfühlte, seine Hand an ihrem Rücken zu spüren. Und weil er so gut roch. Und weil es ihr schmeichelte, dass er *sie* angesprochen hatte. Und *wie* er mit ihr sprach.

Er hat sie *gesehen*. Angesehen. Beachtet.

Aber dennoch ...

Sie hat sich *nehmen* lassen. Einfach so.

Sie hat sich *ficken* lassen. So war es doch. Man kann es drehen und wenden, wie man will. Es ist nicht mehr als ein überstürzter Dreiminutenfick gewesen. Luuk nahm sich nicht mal die Zeit, seine Jeans auszuziehen.

Und er tat ihr dabei weh. Ohne Rücksicht auf sie hatte er ...

Nein, an dieser Stelle will Elina nicht weiterdenken. Sie blutete, es tat weh, aber er trieb sie hinterher nur zur Eile an. Und ging, noch ehe sie Zeit gehabt hatte, ihren BH wieder zu schließen. Die Verbände an ihren Knien hatten sich im Eifer des Gefechts gelöst. Luuk bemerkte es nicht mal.

Und was, wenn sie jetzt schwanger werden würde? Mit keiner Silbe hatte er deshalb nachgefragt, bevor er mit ihr schlief. Kein „Nimmst du die Pille?", kein Kondom. Er schob einfach eilig ihre Beine auseinander und ...

Als sie nach Hause kam, stürzte sie völlig benommen unter die Dusche. Ihre Mutter war natürlich noch im Café. In der engen Duschkabine ließ sie sich das dampfend heiße Wasser auf den Kopf prasseln, fast bis zur Besinnungslosigkeit, und sah bei einem einzigen Blick nach unten, wie etwas helles, weißliches ... langsam die Innenseite ihrer Schenkel hinablief. Das war seltsam. Vorher hatte sie es nur gespürt. Kühl und glatt fühlte es sich an, und irgendwie seidig gegen das heiße, herabdonnernde Duschwasser.

In diesem Moment begann sie, sich zu übergeben.

So war Sex?

Das war es, was Millionen von Menschen immerzu trieben? Wo war der Reiz? Was war schön daran?

Ihr Körper fühlte sich ausgehöhlt, benutzt und wie tot an.

„Luuk, ich liebe dich ... Liebst du mich auch?", flüsterte sie probeweise tief in sich drin, während sie aus dem Badezimmer zurück in ihr Zimmer taumelte.

Aber niemand antwortete.

Natürlich antwortete niemand.

Ihr Mund fühlte sich furchtbar an. Nach Erbrochenem, nach Atemnot, nach Hitze und drängendem Stoßen.

„Luuk?", flüsterte sie und trat ans Fenster. Wieder sah sie ihn vor sich. Gut aussehend, jungenhaft, mit diesem breiten Lächeln. Dazu sein niederländischer Akzent. *Küken*, hatte Anuschka früher sanft mit russischem Akzent zu ihr gesagt. Und *Mausi* hatte Luuk sie drängend mit holländischem Akzent genannt.

Verdammt, sie hatte es doch freiwillig getan. Keiner hatte sie gezwungen, mit Luuk mitzugehen. Und er hatte nichts getan, was wirklich verwerflich war. Er hatte ihr keinerlei Gewalt angetan – im Gegenteil. Es war eben einfach passiert. Alle Mädchen taten es schließlich. Es gab immer ein erstes Mal. Für jeden auf dieser Welt.

Warum fühlte sie sich nur so wahnsinnig schlecht?

* * *

„Scheiße, du hast dieses verrückte Casting doch geschafft", sagt Selma auf dem Besucherstuhl in diesem Moment verwirrt. „Warum hast du dich dann hinterher ...? Ey, Eli, ich versteh's einfach nicht. Nun sag doch mal was."

Selma macht ein betroffenes Gesicht.

Auch Oskar kommt ins Krankenhaus.

„Verdammt, Elina, verdammt", flüstert er. Seine Stimme klingt so wackelig, wie sie sich fühlt. Dann packt er ihre kalte Hand, hebt sie einfach vom Bett hoch, und legt etwas hinein. „Ist nix Besonderes, keinen Schreck kriegen. Nur ein bisschen Moos von deinem komischen Engelstein im Garten. Dachte, das wäre vielleicht eine gute Idee und hab ein bisschen was mitgebracht."

Sie schweigt, aber sie schließt vorsichtig die Hand um Oskars Geschenk. Das winzige Moosstück fühlt sich weich und nach vergangenen Kindheitstagen an.

Oh, Os ...

„Was ist denn nur passiert da drin, Elina? Ich meine, du warst doch wohl supergut, oder? Deine Mutter hat mir jedenfalls diesen Wisch gezeigt, der bescheinigt, dass du es geschafft hast. Und heute steht es auch im Stadtanzeiger."

Sie schweigt, während er weiterredet. An seiner Stimme erkennt sie wie immer seine Gefühle.

„Haben die dich vielleicht dumm angemacht da drin? So à la Bohlen? War es das? Warst du denen nicht hip genug? Haben sie so was gesagt wie: Hey, du siehst aus, als sei in deinem Gesicht ein Tier verreckt ... Etwas in der Art? Mensch, Elina, sag mal was, bitte. Glaub den Ärschen kein Wort, hörst du? Du bist schön, echt."

Immerhin kann sie jetzt die Augen öffnen. Da sitzt Oskar, der so völlig anders als Luuk ist. Dünn und irgendwie bedürftig, nervös, unreif. Sein Gesicht ist blass wie immer. Aber nie, nie, nie würde er einfach seinen Penis in ihren Mund ... Was für ein idiotischer Gedanke!

„Das Leben ist eben manchmal beknackt, Elina Lawall", sagt er jetzt und schaut sie nicht an dabei. Er weiß von nichts, aber trotzdem sieht er traurig und besorgt aus. „Aber du weißt, dass du zumindest für mich der wichtigste Mensch auf diesem bescheuerten Planeten bist, oder?"

Signe, ihre weiße Großmutter. Sie ist ebenfalls gekommen und sitzt, steif wie Brokkoli und weißer denn je, mit besorgter Miene auf dem Besucherstuhl neben ihrem Bett, auf dem, der Reihe nach, nun schon ihre Eltern und Selma und Oskar gesessen haben.

„Ich. Nicht du, Elina", sagt sie schließlich leise.

„Was?“

Ihre Stimme klingt ein bisschen eingerostet, so lange hat sie geschwiegen.

„Ich bin dran mit sterben. Nicht du. Drängle dich also nicht vor, bitte.“

Sie kann nichts antworten.

„Dein Rücken sei voller Kratzer, hat man mir berichtet. Deine Kniekehlen voller – Einstiche, Wunden?“

Signe sieht sie an. Ihre Augen sind voller Sorge. Diese Sache übersteigt, wie es aussieht, ihren uralten Horizont. Sogar eine revolutionäre Büstenhalterverbrennerin kann eben nicht alles begreifen.

Auch zwei Ärztinnen und ihre Mutter haben schon damit angefangen.

Chipskrümel, rauer Kunststofffaserboden, Nagelschere.

„Was hast du getan, Eli? Was ist nur passiert?“

7

Angst.

Fünf Buchstaben.

Ich bin wieder zu Hause und Selma ist gekommen, um mir durch den Dschungel des Wahnsinns zu helfen, wie sie es nennt.

In der ersten Nacht, als ich wieder zu Hause war, habe ich eine neue Liste gemacht. Eine Angstliste. Die Angstliste schreibe ich am häufigsten. So viele verschiedene Dinge haben schon darin gestanden. Im Grunde habe ich vor allem Angst.

Angst, alleine zu sein.

Angst, zurückzubleiben.

Angst, nicht gemocht zu werden.

Angst vor Krankheiten.

Vor dem Tod.

Vor dem Ausgelöschtsein.

„Wenn ich heute sterben würde, würde morgen früh ganz normal die Sonne aufgehen, die Vögel würden zwitschern, die Leute zur Arbeit gehen", sagte ich mal verzweifelt zu Oskar. „Das ist ein schrecklicher Gedanke, oder?"

Oskar nickte und zeigte mir ein paar Tage später ein Sonnenblumenfeld am Stadtrand. Wir liefen richtig tief hinein. „Hier lässt es sich aushalten, was?", sagte Os und lächelte mich an.

Ich tue seit Jahren eine Menge, um der Angst zu entkommen. Ich schalte meinen Lichtschalter am Abend immer zwei Mal hintereinander an, statt nur ein Mal. Irgendwie beruhigt mich das. Ich trommle jedes Mal, wenn ich aus meinem Dachfenster schaue, zuerst ein paarmal mit den Fingerspitzen gegen die Scheibe. Ich schlafe grundsätzlich auf der rechten Seite ein, um mein Herz nicht zu belasten. Wann immer es mir möglich ist, fixiere ich am Touchscreen meines Handys die exakt volle und die exakt halbe Stunde, einfach weil es mich beruhigt, so den ganzen Tag in winzigen Ziffern die geraden Uhrzeiten unter der jeweils aktuellen festzuhalten. 8:00. 8:30. 9:00. 9:30 und so weiter, bis hinein in die Nacht. Wenn ich nachts wach werde und bei einem raschen Blick auf mein Handy feststelle, dass es zwanzig Minuten vor drei Uhr ist, bleibe ich diese zwanzig Minuten wach – nur um Punkt drei Uhr die Zeit für eine sichere halbe Stunde festzuhalten.

Nur Oskar weiß von diesen Dingen.

„Verrückte Elina", sagt er schon seit Jahren kopfschüttelnd. Er ist auch der Einzige, der weiß, dass ich in Farben denke. Dabei war ich als Kind überzeugt davon, dass es allen Menschen so geht. Es hat mich ziemlich aufgewühlt, als ich eines Tages herausgefunden habe, dass das absolut nicht der Fall ist.

Amara ist gelb für mich, schon immer. Es wird gelb, wenn sie sich nur nähert. Meine Mutter ist silbern, mein Vater gelb wie meine Schwester. Signe, meine weiße Großmutter, ist rot. Das ist natürlich etwas verwirrend, weil sie selbst sich als so intensiv weiß empfindet. Selma ist hellgrün, Oskar schwankt zwischen schwarz und blau.

Auch jeder Tag hat seine eigene Farbe, schon solange ich zurückdenken kann. Bereits als Kindergartenkind waren die Montage gelb, der Dienstag grün, der Mittwoch schwarz, der Donnerstag orange, der Freitag golden, Samstag kam noch mal schwarz und der Sonntag war violett.

Nur für mich sehe ich keine Farbe. Fühle ich nichts. Als Kind war ich immer sandbraun, aber die Farbe hat sich eines Tages verflüchtigt. Ich verstehe es selbst nicht. Ich bin damit der einzige Teil meines Lebens, der keine Farbe hat.

„Du musst echt zum Friseur, Eli“, sagt Selma jetzt. „Unbedingt. Hey, beim Recall ist der Raum dann voller Kameras und Presse und topgestylter Ischen, du kennst das doch. Da musst du einfach so gut wie möglich aussehen. Deine Nase ist auch so eine Sache. Sie darf nicht glänzen, meine ich.“

Ich zucke innerlich zusammen. Beim Recall im März werde ich Luuk wiedersehen. *Bis zum Recall im März, Mausi.*

Die Erinnerung an den Nachmittag mit ihm verschwimmt allmählich. Was habe ich nur so schrecklich gefunden? Er hat mir schließlich nichts Böses angetan. Im Gegenteil, er schien mich zu mögen. Seine Farbe ist silbern, wie meine Mutter, was mich etwas verwirrt und aus dem Takt bringt, aber immerhin war es ein anderes Silber als ihres. Ein helleres, glänzenderes, extrovertierteres. Und er hat es sogar ausgesprochen. *Noch nie hat ein Mädchen solchen Eindruck auf mich gemacht.*

„Deine Haare, Eli. Deine Nase“, sagt Selma in diesem Moment ungeduldig. „Nun hör doch mal zu. Und dann die große Klamottenfrage: *Was wirst du anziehen?* Irgendwie besitzt du überhaupt nichts Spektakuläres. Warum stellt dieser blöde Fernsehsender eigentlich nichts auf die Beine für euch?“

Ich starre weiter vor mich hin. Wir haben miteinander geschlafen – und es hat *natürlich* schnell gehen müssen. Immerhin hat er mir seine gesamte Pause geopfert. Er hat hinterher schließlich so schnell wie möglich zurück zum Jurypodium gemusst. Fakt ist, er hat sich an diesem Tag in mich und in keines der anderen Mädchen verguckt. Warum auch immer ... Und die Gefühle haben uns beide überrannt. Mir wird immer noch schwindelig bei dem Gedanken, dass er ausgerechnet mich gemocht hat – und keine der anderen Kandidatinnen.

Warum nur habe ich so überreagiert?

Seit der Sache mit Luuk geht es mir eindeutig besser. Kein einziges Mal habe ich seither den Drang gehabt, mich zu stechen, mir wehzutun, um mich zu fühlen. Irgendwie hat Luuk mich – aufgeweckt, geradegerückt.

Schon der Gedanke an ihn gibt mir Halt. Wie wahnsinnig gut er aussieht. Wie muskulös er ist. Wie selbstbewusst. Und er hat *mich* gewollt! Mich. Es ist unglaublich.

Hannes_auf der Suche nach Glück hat in der letzten Zeit ein paarmal versucht, mich anzuschreiben, aber ich habe den Kontakt mit ihm eingestellt. Was war nur in mich gefahren, mich auf so etwas einzulassen? Seine Kommentare sind immer eindeutiger geworden. *Ich will dich. Ich begehre dich.*

Was bildet dieser schmierige Typ sich eigentlich ein? Ich schäme mich schon bei der Erinnerung daran, dass mir seine Nachrichten einmal irgendwie gefallen haben.

Jetzt wollte ich Luuk.

Warum nur kann ich *ihn* nicht kontaktieren? Ich kann schließlich kaum bei dieser Sing Factory anrufen und dort einfach so nach ihm fragen. Was sollte ich auch sagen? „Könnte ich bitte mal Luuk Gerritsen aus der Jury sprechen? Ich habe mich nämlich, glaube ich, in ihn verknallt, und würde ihn gerne wiedersehen."

Unmöglich. Auf diese Weise würde ich ihn wohl nicht ausfindig machen, sondern eher noch riskieren, dass sie mich aus dem Recall schmeißen, bevor er überhaupt stattgefunden hat. Dort wird es bestimmt nicht gerne gesehen, wenn Kandidatinnen und Jurymitglieder sich irgendwie näherkommen.

In einer Zeitschrift habe ich gelesen, dass Luuk Gerritsen eigentlich in Amsterdam lebt, dort zwei angesagte Nachtclubs betreibt und schon zweiunddreißig Jahre alt ist.

Zweiunddreißig? Danach sieht er nicht aus, definitiv nicht.

„Eli?"

Selma schaut mich an – und wie es scheint, schon seit einer ganzen Weile.

„Hm?"

Unsere Blicke treffen sich.

„Warum hast du das eigentlich getan?"

Der Satz kommt ganz leise.

So ist das mit Selma. Es gibt sie einmal laut: in der Alltagswelt mit Schule, Facebook, Klamotten, WhatsApp und Diskussionen über Typen, Styling, Schmuck und Geld. Und es gibt sie einmal leise: Wenn wir zusammen sind und über ihre durchgeknallte Mutter reden. Und über ihren unbekannten Vater, der irgendwo auf dieser Welt lebt, nicht ahnend, dass er vor etlichen Jahren ein Kind mit Dilara Akgül gezeugt hat. Auch wenn wir darüber grübeln, ob sie nicht einfach mal so bei ihrem despotischen, türkischen Großvater aufkreuzen soll, weil der immerhin ihre Mutter verstoßen hat und sie nicht als Enkelin akzeptiert, ist Selma leise. Mir ist sie so tausend Mal lieber als laut.

„Was genau meinst du denn?", frage ich jetzt ziemlich verwirrt. Ich bin in meinen Gedanken so sehr bei diesem Nachmittag mit Luuk gewesen, dass ich für einen kurzen Moment tatsächlich nicht weiß, wovon Selma gerade spricht.

„Mensch, du weißt genau, was ich meine!"

Selma hat die Stirn in Falten gelegt und sieht mich unverwandt an.

Ich schlucke. – Verdammt. Klar.

Die. Sache. Mit. Dem. Fenster.

Um ein Haar hätte meine Mutter mir deshalb verboten, weiter beim Casting mitzumachen, weil sie, wie alle anderen auch, denkt, dass ich dem Stress nicht gewachsen bin. Zum Glück konnte ich sie davon überzeugen, dass mich das Singen so glücklich wie sonst nichts anderes macht. Dann hat sie zugestimmt und jetzt bekomme ich Therapiestunden. Damit ich mich nicht in den Tod stürze.

Dabei wollte ich mich nicht wirklich in den Tod stürzen. Ich weiß nicht mehr, warum ich es tat. Es ist einfach passiert. Ich war weit weg in diesem Moment, weit weg von allem. Nur mein Körper handelte. Ich hatte keine Angst, sprang oder stürzte auch nicht. Es war mehr ein Gleiten. Ich war mir sicher, daran nicht zu sterben. Sterben, das tue ich im Alltag. Immer wenn ich mich nicht fühlen kann, sterbe ich ein bisschen mehr. Mit dem Stechen oder Ritzen hole ich mich für kurze Zeit wieder zurück, aber ich habe keine Ahnung, wie lange das noch gut gehen wird.

Keine Ahnung.

Wenn ich doch nur Luuk wiedersehen könnte.

Er könnte eine Art Lebenselixier für mich sein. Dessen werde ich mir immer sicherer.

„Eli?"

Ich schaue hoch und sehe, dass Selma mich immer noch ansieht. Besorgt und verwirrt.

„Ich ...", beginne ich mit schwerer Stimme und spüre, wie sich ein eiserner Ring aus Kopfschmerzen um meinen Schädel legt.

„Ja?"

„Ich ... ich weiß es nicht, Selma", flüstere ich schließlich leise. Mehr nicht.

„Dass du dich das traust", sagen die Mädchen in meinen Kursen halb anerkennend und halb höhnisch, während sie mich verwirrt anstarren. Die meisten schütteln ihre Köpfe, wenn sie mich sehen, aber trotzdem gibt es plötzlich auch eine Elina-Lawall-Fanseite auf Facebook.

„Um Gottes willen!", ruft Selma bei dieser Entdeckung. Sie hält ihren Laptop hoch und dreht ihn in meine Richtung, damit ich sie auch sehen kann. Wir sind zusammen im *Zucker* und probieren die neuen, veganen Kuchen meiner Mutter aus. Anuschka serviert sie uns mit stolzer Miene, während sie nebenher russische SMS an ihren aktuellen Freund in Kiew schickt und bei jedem Schritt kokett mit ihrem wahnsinnig dicken Po wackelt.

„Bewegung ist gut für die Zelle. Ihr werdet sehn, Dimitri ist der Mann meines Lebens! Ein Chefkoch! Blaue Auge wie das Meer! Und er wird kommen, mich heimzuholen." Sie zwinkert uns gut gelaunt zu.

Meine Mutter ist bei meiner zukünftigen Therapeutin zu einem Erstgespräch, wie sie es nennt.

„Eine *Fanseite* für dich, Eli? Soll ich den Mist tatsächlich *liken*? Würde dir das was geben?" Selma lacht leise, schüttelt dabei jedoch leicht den Kopf, schaut mich kurz an, aber noch ehe ich etwas erwidern kann, hat sie bereits den Button gedrückt.

Wir-alle-lieben-Elina-Lawall! heißt die Seite. Das Titelbild bin ich. Und das Profilbild bin ebenfalls ich. Beide Bilder sind idiotisch und anscheinend heimlich auf unserem Schulhof aufgenommen. Das Titelbild zeigt auch ein Stück von Oskars Baum. Aber Oskar selbst ist abgeschnitten. Nur ein Stück seiner hageren Schulter ist von ihm übrig geblieben.

„*Ich* ‚like' dich ja sowieso, Eli!", sagt Selma schulterzuckend und knabbert weiter an einer veganen Nussecke. „Lecker, lecker, lecker, lecker, lecker", murmelt sie kauend vor sich hin und zwinkert mir zu.

„Du bist Elina Lawall?", fragt der Musiklehrer unserer Oberstufe ein paar Tage später, und bleibt unter Oskars Eberesche vor uns stehen. „Im Stadtanzeiger steht, du seist ein wahres Gesangstalent. Stimmt das? Und wenn ja, warum bist du dann noch nie in meinem Chor aufgekreuzt?" Er lächelt mir zu.

Mittlerweile hat die Elina-Lawall-Facebook-Seite schon über zweihundert Fans.

„Geht's dir wieder besser?", fragt mich Signe am Wochenende besorgt.

„Na klar", sage ich hastig.

„Diese merkwürdigen Einstiche in deinen Kniekehlen, Elina?"

Signe sieht mich aus nächster Nähe an und zum ersten Mal bemerke ich, wie blass ihre früher so leuchtend blauen Augen inzwischen geworden sind. Sie sieht besorgniserregend alt aus und ich spüre eine alte Angst in mir aufkeimen. Die Angst um meine weißhaarige Großmutter mit der roten Aura. Schnell senke ich den Blick. Wir sind in ihrem Lebezimmer.

*Lebe*zimmer. Nicht Sterbezimmer. Immerhin.

„Ist alles in Ordnung", antworte ich leise. „Das war nur so ... die Nervosität vor dem ersten Auftritt, verstehst du?"

Wir schauen uns noch einmal an.

„Eine einmalige Sache also?", hakt Signe nach. „Ich

habe nämlich ein bisschen recherchiert. Ich bin zwar alt, aber nicht blöd, wie du weißt."

Ich nicke. Ich belüge sie nicht gerne. Aber manchmal geht es eben nicht anders. Und ich werde ja jetzt auch tatsächlich aufhören mit dem Stechen und Ritzen und dem Mir-selbst-wehtun. Für immer. Ganz sicher.

Alles wird jetzt gut werden. Das spüre ich.

Ich klopfe dennoch weiter gegen meine Fensterscheibe. Ich bin einfach so nervös und voller Unruhe. Wie wird es weitergehen? Was wird als Nächstes kommen? Wie wird der Recall werden? Ich schalte *klick-klick-klick* das Licht ein. *An. Aus. Wieder an.* Wann habe ich eigentlich damit angefangen? Ich weiß es nicht mehr, seit so vielen Jahren tue ich das schon.

Beim Recall bekommt man einen Song vorgegeben. Um Himmels willen. Was, wenn ich völlig versagen werde? Und das auch noch direkt vor Luuk, der mir aus allernächster Nähe zusehen wird. Ich fixiere mit zitternden Händen 23:00 Uhr auf meinem Handy und rolle mich dann mit dem Blick zur Wand zum Schlafen in meinem Bett zusammen. Mit der Herzseite lag ich nach oben. So sollte die Nacht einigermaßen funktionieren. Solange ich nicht vom Tod träume. Vom Tod träumen ist gefährlich. Regen trommelt gegen mein Dachfenster.

In diesem Moment klingelt mein Telefon. Das muss Oskar sein. Selma ist heute mit Freunden und Freunden ihrer Freunde in der neuen Shisha-Bar Chez ma tante in der Altstadt. An solchen Abenden ruft sie grundsätzlich nicht an. Aber Oskar ist es nicht. Selma musste, warum auch immer, einer angetrunkenen Meute aus meiner Schule meine Rufnummer überlassen haben.

„Sorry! Eli? Hörst du mich? – Sorry für das hier!", schreit

sie auch tatsächlich irgendwo aus dem Hintergrund zumindest entschuldigend. Ich erkenne aber auch Bernadettes Stimme. Und Janinas. Und Carlas. Und Sunas. Es ist ein Riesengeschrei. Außerdem kann ich orientalische Musik hören. Der Shisha-Bar-Besuch schien also noch nicht zu Ende zu sein. Was wollen sie nur von mir? Warum rufen sie mich an?

„Eli? Eli? Eeeeeli? Hast du's schon gesehen?"

Das ist Bernadettes Hammerorgan, aber Janina übertönt sie und scheint am Handy zu zerren. „Ich will es ihr sagen! Verdammt, immerhin hab ich diese Fanseite ..."

„Es ist dieser hammergeile, neue Jurytyp, Eli! Dieser smoothe Luke, oder wie der heißt ..."

„Der mit dem abgefahrenen Akzent, bei dem Ramona fast durchdreht ..."

„Was?", stammele ich verwirrt und richte mich im Bett wieder auf. Ich verstehe kein Wort.

„Er hat eben, gerade vor ein paar Sekunden, deine Seite geliked", brüllt Janina und hat wohl die Gewalt über ihr Handy zurückerobert. „Und er hat einen ganz süßen Kommentar dazugeschrieben!"

Mit zitternden Händen schalte ich meinen Laptop ein.

Ich habe es versäumt, 23:30 Uhr auf meinem Handy zu fixieren. Aber das ist jetzt völlig egal, denn mit brennenden Augen lese ich: *Hi Elina ... Grüße von Herzen, Luuk!*

Er hat, er hat, er hat – diese Seite gefunden. Wie ist das möglich? Hat er nach ihr Ausschau gehalten? Ich stelle mir vor, wie er bei Facebook nach mir gesucht hat. Verdammt, warum habe ich auf meiner eigenen Facebookseite nur so einen blöden Usernamen? *Mein-Name-geht-keinen-was-an* anstelle von Elina Lawall. Kein Wunder, dass mich niemand als Freundin hinzufügt. Nur Oskar, Selma und ein paar alte Freundinnen aus der Grundschulzeit stehen in meiner Freundesliste. Ich habe die Seite schon fast vergessen, aber jetzt sieht alles anders aus.

Anstatt die 00:00 Uhr zu fixieren, erschaffe ich mir ein neues Facebookprofil. Ein Foto von mir? Kein Foto von mir? Ein Foto von mir? Hilfe. Als Titelbild nehme ich ein Feld voller Sonnenblumen. Oskar hat es letztes Jahr für mich aufgenommen und mir geschickt. *Gegen die Angst!*, hat er die Datei genannt.

Ein Foto von mir? Kein Foto von mir? In meinem Kopf dreht sich alles. Aber dann wage ich es. Es gibt da eine Aufnahme, die Signe von mir gemacht hat, letzten Sommer in Istanbul vor der Blauen Moschee. Selma beneidete mich um diese Reise, deshalb bot Signe sofort an, sie einzuladen und mitzunehmen. Leider machte Dilara der Sache einen Strich durch die Rechnung. Selma durfte nicht in das Land ihrer Vorfahren reisen, solange es von einem Dreckskerl wie Recep Tayyip Erdoğan regiert wurde, der die weibliche Bevölkerung zurück ins Mittelalter treiben wollte, wie Dilara es wütend ausdrückte. Weil die Reise aber schon gebucht war, sind Signe und ich alleine geflogen. Und von dort stammt die Aufnahme, die ich jetzt nervös als Profilbild für meine neue Facebookseite hochlade. Ich bin darauf einigermaßen braun gebrannt und trage eine Sonnenbrille mit Leopardenmuster. Signe erstand sie für uns beide auf einem Basar, und wir zogen dank unserem Partnerlook viele Blicke auf uns, wenn wir nebeneinander durch die engen Gassen der Istanbuler Altstadt schlenderten. Auf dem Bild wehen meine dunklen Haare leicht im Wind und ich lächle. Dabei habe ich von klein auf eigentlich schon immer eher wenig gelacht. Ganz anders als Amara, die praktisch auf jedem alten Foto fröhlich strahlt.

Es gibt da eine seltene Aufnahme von uns beiden vor

dem Kölner Dom, da war ich gerade sechs geworden. Amara war damals einundzwanzig und besuchte uns, um ihr Auto abzuholen, das unsere Eltern ihr geschenkt hatten.

„Die Schöne und das Biest", sagte Oskar zu diesem Foto.

„Was?", erwiderte ich erschrocken. Ausgerechnet von Os hatte ich so einen Kommentar nicht erwartet.

„Ich sagte ‚Die Schöne und das Biest'", wiederholte Oskar und deutete auf die Fotografie, die bei Signe in der Küche an der weiß gebeizten Vitrine klebte.

Ich schwieg und Oskar sah mich von der Seite an.

„He, Elina! *Du* – die Schöne! Und deine Kühlschrankschwester – das Biest! Was hast du denn gedacht, hm?"

8

Die Tage, die folgen, verschwimmen in meinem Kopf. Während diese verrückte Facebook-Fanseite an Anhängern gewinnt, füllt sich meine private Freundesliste fast wie von selbst. Jeden Tag bestätige ich eine Anfrage nach der anderen. Es ist geradezu unheimlich.

„Sie drehen durch, sie drehen echt komplett durch", sagt Oskar verblüfft und starrt über meine Schulter hinweg auf den Laptop. „Dreihundertsechzig *Freunde* in drei Tagen?"

Er klingt gereizt, ist aber auch deshalb in gedrückter Stimmung, weil es seinem alten Hund schlecht geht. Einfach so, ganz plötzlich, von einem Tag auf den anderen.

„Er geht drauf, Elina", hat Os bedrückt gesagt, als er gekommen ist. „Ich schwöre dir, er geht drauf! Er wird immer dürrer und klappriger und irgendwie kommt er dement rüber. Knurrt seine eigene Kacke an, und so. Okay, er ist schon sehr alt, aber deswegen muss er doch noch nicht über die Wupper gehen."

Ich lächele Oskar vage an, während Chapeau Claque hechelt und, wenigstens für mich, aussieht wie immer. Meine Gedanken sind ganz woanders.

Am Tag darauf macht der private Fernsehsender, auf dem die Castingshow ausgestrahlt werden wird, ein schnelles Chat-Interview mit mir. Ich sitze wie auf glühenden Kohlen vor meinem Laptop und bin von Kopf bis Fuß angespannt.

„Spinnen die?", regt sich Selma auf, die gekommen ist, um mir beizustehen, während das Interview live über einen Casting-Kandidaten-Blog geführt wird. „Was für einen Mist wollen die denn da wissen?"

Wie groß bist du? Was wiegst du? Wovon träumst du nachts? Bist du verliebt? Hast du einen festen Freund? Wer fiebert mit dir?

„Warum fragen die nicht gleich nach deinem Body-Mass-Index, deinem Brustumfang und wann du zum ersten Mal deine verdammten Tage hattest?"

Meine Finger zögern. Ich starre auf den Bildschirm, von wo aus mir mein eigenes Gesicht entgegenblickt. Ich habe dem Sender ein Foto überlassen müssen und dieselbe Aufnahme genommen, die jetzt auch meine Facebookseite schmückt. Sollte der Recall klappen, würden professionelle Bilder gemacht werden, das hat Kerstin, meine Casting-Betreuerin, mir via E-Mail erklärt.

1,60 m, tippe ich nervös. Meine Finger fühlen sich klamm und steif an. *45 kg. – Vom Sommer. – Vielleicht ...*

Bei *Vielleicht* habe ich mich verschrieben und stattdessen „Vieleleicht" getippt, aber es ist zu spät, das zu korrigieren. Der Blog hat es schon geschluckt.

„Was soll denn das heißen? Du bist *vielleicht* verliebt, und ich weiß nichts davon? Hallo? Eli? Hast du vergessen, mir was zu erzählen?"

Selma starrt mich entgeistert von der Seite an, aber ich gebe ihr keine Antwort.

Hast du einen festen Freund?

Ich starre auf mein Antwortfeld und den blinkenden Cursor. Für einen kurzen Moment wird mir schwindelig, weil ich daran denken muss, dass ich diesen Monat meine Periode noch nicht bekommen habe. Gut, sie war nie die Pünktlichste, aber trotzdem ...

Von einer Sekunde zur nächsten fühle ich wieder Luuks Arme und bin in dem Moment, als es passiert ist. Warum war ich nur so überrumpelt? Ich habe mich bestimmt bescheuert angestellt. Irgendwie war ich doch die ganze Zeit steif wie ein Brett. Ganz sicher war Luuk enttäuscht von mir. Und dann dieser Augenblick ... kurz bevor er mir seinen ... Ich will nicht weiterdenken, aber auch da habe ich kläglich versagt. Wie von selbst bin ich – ist mein Mund auf Abwehr gegangen. Es hat mich so erschreckt. Ich rechnete damit einfach nicht. Verdammt, immerhin war ich bis zu diesem Tag noch nicht mal geküsst worden. Irgendwie ist mir das in dieser Situation zu viel gewesen. Dabei war doch eigentlich nichts dabei. Bernadette erzählte mal in großer Runde davon, dass sie oft – *blies* ... Und dass es okay wäre. Davon würde man wenigstens hundertprozentig nicht schwanger und die Typen fuhren unheimlich darauf ab.

„Fünfundneunzig Prozent der Männer finden es noch besser als richtigen Sex", sagte Bernadette grinsend. „Und hey, ich glaube, ich bin richtig gut darin ..."

Aber ich, ich habe Angst davor.

„Eli? Alles klar? Hallo? In welchen Sphären schwebst du denn?"

„Was?"

Ich zucke zusammen und schiebe die Gedanken an Luuk so gut es geht zur Seite.

Fester Freund? *Nein,* tippe ich langsam.

Andererseits hat Luuk diese verrückte Elina-Lawall-Fanseite geliked. Und er hat dort öffentlich gepostet.

Egal. Egal. Egal. Das hat nichts zu bedeuten, beschwöre ich innerlich.

Wer fiebert mit dir?

Alle meine Freunde, schreibe ich diesmal schneller. Aber die Buchstaben tanzen vor meinen Augen den irren Tanz einer Lüge. *Alle meine Freunde.*

Wer soll das sein?

Etwa Oskar, der es schon bereut, die Sache überhaupt ins Rollen gebracht zu haben? Selma, die von Anfang an dagegen gewesen ist? Oder Signe, die sich wegen der Stiche in meinen Kniekehlen sorgt und mir komische Fragen stellt?

Okay, Freunde – Fehlanzeige. Aber wenigstens die dreihundertsechzig Freunde auf meinem Facebook-Account und die vielen Fans meiner Seite fiebern mit mir. Das ist doch auch etwas wert.

In dem Moment passiert es.

Luuk Gerritsen hat dir eine Freundschaftsanfrage geschickt.

Ich habe das Gefühl, von einer Sekunde zur nächsten auf einmal nicht mehr atmen zu können.

„Oh, huch. *Was?* Ist das nicht dieser holländische Castingfuzzi, wegen dem Bernadette und Carla neulich so ausgetickt sind?“, fragt Selma verwundert.

Ich gebe keine Antwort. Stattdessen bestätige ich Luuks Anfrage.

Ja!

Mein Herz schlägt mir bis zum Hals, als sich im nächsten Moment ein kleines Chatfenster am rechten unteren Bildschirmrand öffnet.

Na?

Ich starre wie gebannt darauf.

„Eli? Was ist das denn? Wieso schreibt der dich an? Ich dachte, das sei dieser Jurytyp?“

Selma blickt verwirrt zwischen dem Computer und mir hin und her.

Mausi?

„Mausi? Hä? Er nennt dich Mausi? Warum denn das, um Himmels willen? Soll das ein Scherz sein?“

Bist du alleine?

Nein, schreibe ich hastig zurück. *Meine Freundin ist da.*

Ah. Okay. Aber geht deine Freundin auch mal wieder?

„Und was soll denn das jetzt heißen, bitte schön?“, fragt

Selma völlig perplex. Ihre Schlafsachen liegen auf meinem Bett.

Wieso willst du das wissen?, tippe ich nervös und hole tief Luft. Oh mein Gott, er ist zweiunddreißig, wir haben *es* tatsächlich miteinander gemacht, ich habe in seinen Armen gelegen, er war *von mir und durch mich* erregt, auch wenn mir das alles jetzt völlig surreal erscheint. Ich bin schließlich nur ich. Niemand Besonderes. Niemand Weltbewegendes. Nicht schön, nicht cool, nicht hip, nicht angesagt.

„Eli …?"

Ich wollte dich einfach mal auf einen Hugo abholen …

„Auf einen Hugo abholen? Spinnt der? Warum will er was mit dir trinken, Eli, was läuft denn da? Und warum *kennst* du diesen Typen überhaupt?"

„Warum nicht?", frage ich leise zurück. Noch immer stolpert mein Herz. Mitten in die Stille hinein klingelt mein Handy. Ich lasse es klingeln.

„Ruft er jetzt schon an, oder was? Mann, der scheint es aber eilig zu haben."

Selma wirft einen Blick aufs Display. „Nein. Oskar", murmelt sie dann und wedelt fragend mit dem Smartphone. „Willst du? Ja? Nein?"

Ich winke ab.

Und? Zeit? Lust?, schreibt Luuk unterdessen.

Dann beginnt auch unser Festnetztelefon zu klingeln.

„Wow – multimedialer Overkill! Bestimmt auch wieder Oskar", mutmaßt Selma und lauscht, als der Anrufbeantworter anspringt. Meine Mutter ist noch unterwegs.

„He, Elina?" Es ist unverkennbar Oskars Stimme, auch wenn sie irgendwie verzerrt klingt.

„Hab ich's doch gesagt. Der Nerd."

Selma stopft sich mein Herzkissen in den Rücken, zieht

die Knie an und stützt ihren Kopf mit dem Kinn darauf. „Eli? Nun sag halt mal was."

„Elina? Scheiße ... Jetzt nimm schon ab. Bei dir brennt doch Licht, das hab ich gerade noch gesehen, als ich unten vorbeigelaufen bin."

Oskar klingt, als wäre er völlig durch den Wind.

Ja, tippen meine kalten Fingerspitzen.

„Chapeau stirbt – hörst du? Oh, bitte, komm rüber, Elina. Alleine steh ich das nicht durch. Der verrückte Köter ist total neben der Spur. Chapeau ... He, nicht doch ... Verdammt!"

Okay! Super!, schreibt Luuk unterdessen. Ein verschmitzt zwinkerndes Smiley taucht im Chatfenster auf, während Os in unserem Anrufbeantworter weiterflucht.

„Eli? Hast du das eben gehört?" Selmas Stimme dringt durch Fragmente dieses seltsamen Nebels, der mich in letzter Zeit immer zu umgeben scheint. „Du weißt, dass dein Nerd normalerweise nicht gerade mein Superdarling ist, aber gerade klingt er wirklich so, als ginge es ihm echt mies ... Solltest du nicht mal rangehen, respektive rübergehen?"

Ich versuche wegzuhören. Es gelingt mir, weil in meinem Kopf die Aufregung tobt.

Ich schicke Luuk meine Adresse. Ich verspreche Selma, ihr alles später zu erklären. Ich ignoriere erneut Oskars verzweifelte Stimme, als er ein zweites Mal anruft. Ich ziehe mich so schnell wie möglich um und umarme meine Freundin.

„Sehe ich okay aus?"

Selma nickt. „Klar", sagt sie und zupft an meinem Shirt. „Siehst immer okay aus. Etwas blass vielleicht. Aber das hat auch was. Du siehst beschützenswert aus ... Das mögen Typen."

Sie schaut immer noch verwirrt und überrumpelt drein, scheint aber nicht sauer zu sein. „Bernadette und Carla würde jedenfalls der Schlag treffen, wenn sie *das hier* wüssten: Elina Lawall datet Luuk Sowieso“, bemerkt sie kopfschüttelnd und kriecht in mein dauerzerwühltes Bett. Sie werde trotzdem hier schlafen und auf meine Beichte, wie sie es nennt, warten.

„Bleib nicht so lange weg!“, ruft sie mir hinterher. „Und bau keinen Mist. Manche Typen sind pervers, auch wenn sie nach außen den Coolen mimen! Außen hui, innen pfui, verstehst du? So Shades-of-Grey-mäßig. Vergiss das nicht!“

Ich stelle mich vors Haus, aber ich brauche gar nicht lange zu warten.

Als Luuk kommt, anhält und sich über den Beifahrersitz lehnt, um mir die Tür aufzumachen, lächelt und „Hey, du“ sagt, bin ich einfach glücklich. Ein großes Wort, ich weiß, aber es ist wirklich so.

Und als wir Sekunden später an Oskars Haus mit den erleuchteten Fenstern vorüberfahren, schaue ich absichtlich in eine andere Richtung.

„Sorry, Os ...“, denke ich, während mein Kopf leicht und mein Herz aufgewühlt ist.

Er hat alles dabei, was man für Hugos braucht. Der Prosecco ist gekühlt und die Holundersirupflasche hat ein Bio-Etikett. Luuk reicht mir eins der beiden dünnen Gläser und gießt behutsam ein. Dann stößt er mit seinem eigenen leicht gegen meins, die Gläser klirren leise.

„Schön, dich wiederzusehen, Mausi“, sagt er danach und legt seine Hand wieder auf meinen Oberschenkel, wo sie schon vorher gelegen hat. Er ist zum Wehr rausgefahren und wir sitzen in seinem Wagen auf dem letzten Stück Straße gleich neben der alten steinernen Flussbrücke. Ein paar Schritte weiter befindet sich das Tosbecken, das ich als Kind Wasserfall genannt habe. Früher war ich hier wahnsinnig oft mit Signe unterwegs. Der Himmel ist indigoblau, keine Wolken, keine Sterne, nur der Mond scheint. Wir blicken beide einen Moment schweigend in seine Richtung gen Himmel. Ich rieche Luuks Aftershave und höre seine leisen Atemzüge. Alle anderen Sinne sind ausgeschaltet.

Dann lächelt er mir plötzlich zu. „Ich hatte nämlich einen fürchterlichen Hotelzimmerkoller", sagt er erklärend und fährt mit seinen Fingerspitzen die Kontur meines kantigen Knies nach. „Und einen ebenso fürchterlichen Hotellobbykoller. Und einen noch gigantischeren Castingkoller, kombiniert mit einem absoluten Nachtclubkoller. Und dazu verschärften Kollegenkoller."

Er lacht leise und sieht mich weiter an. „Das Übliche halt. Und da bist du mir eingefallen. Und hier sind wir ..." Er deutet mit einer fließenden Handbewegung in die Dunkelheit um uns herum.

Ich nicke, weil ich zu aufgeregt zum Sprechen bin.

Luuk und ich.

Zusammen am Wehr.

Nur wir beide.

In der Nacht.

Es ist ein Date.

Ganz klar.

Es ist definitiv mein allererstes Date.

Was findet er nur an mir?

„Hat es dir die Sprache verschlagen?"

Luuk sieht mich immer noch prüfend an. Seine Augen versinken in meinen und Stück für Stück nähert sich sein

Gesicht. Ich spüre meinen Atem, mein Herz, meinen Bauch. Ich könnte schreien vor Aufregung, aber ich gebe keinen Laut von mir. Alles an mir gerät aus dem Takt. Sogar das Atmen fällt mir schwer.

Das Wehr vor uns tost und rauscht, was aufwühlend und beruhigend zugleich ist. Es ist viel schöner als bei unserem ersten Zusammentreffen. Es ist aber wieder genauso unwirklich. Luuks Hände, die blitzschnell unter mein Shirt gleiten, seine drängenden Küsse, die beschlagene Windschutzscheibe. Leise spielt die nur schwach beleuchtete Musikanlage des Wagens ein altes Liebeslied von den Beatles, *All my loving.*

Ich habe Herzklopfen. Diesmal wird es schön werden, das spüre ich einfach. Wir mögen uns. Ich bin wahnsinnig verknallt, das weiß ich jetzt, aber auch Luuk scheint echt Gefühle für mich zu haben. Warum sonst wären wir jetzt hier?

Es ist wohl seine Art, schnell zur Sache zu kommen. Er zieht an meinen Klamotten, er öffnet seinen Gürtel, er führt meine Hand ...

Und ich? Ich bin verdammt noch mal wieder mein unsicheres Ich. Obwohl ich versuche, dieses Mal cooler und besser zu sein. Es ist wie verhext. Ich zucke ganz von selbst zurück.

„Komm, Mausi, mach mit, okay? Ich steh unheimlich drauf, verstehst du? Sei keine Spielverderberin."

In meinem Kopf dreht sich alles. Ich will ja. Eigentlich will ich, aber es geht alles so schnell.

„Wenn einer vorbeikommt – und uns sieht", hauche ich nervös. Meine Stimme klingt so leise, dass ich mir nicht sicher bin, ob er mich überhaupt verstanden hat. Außerdem brennt mein Nacken, so verspannt bin ich.

Luuk deutet auf die beschlagenen Scheiben.

„Sieht keiner was“, murmelt er. „Außerdem sind die Dinger doch verdunkelt. Wenn einer kommt, denkt er, der Wagen ist leer, okay?“

Aber halt – Verhütung, denke ich. Ein Kondom vielleicht? Oder nur küssen? Seine Küsse sind schön. Weich und hart und drängend und zärtlich zugleich. Vielleicht reicht es, wenn wir uns heute nur küssen?

Aber da zieht Luuk mich bereits zu sich rüber und drückt meinen Kopf sanft in Richtung seines Schoßes. Zuerst das eine, es geht schnell. Ich kann nicht atmen dabei und fühle mich wie bei einer Prüfung. Dann das andere. Er schläft mit mir. Diesmal dauert es ein bisschen länger. Vielleicht, weil er vorher schon ... Mein Gaumen brennt jedenfalls – wie früher, wenn ich diese harten, scharfkantigen Himbeerbonbons gelutscht habe, die zwar lecker geschmeckt, einem aber den Gaumen wund gescheuert haben. Mein Hals tut auch weh von dem, was ich da, wenigstens teilweise, hinuntergeschluckt habe. Ich fühle mich ganz zerschlagen. Aber aufgeregt und erregt bin ich schon.

„Mausi, du bist so süß“, sagt Luuk hinterher und schlüpft so ziemlich gleich zurück in seine Sachen. Wieder scheint er es plötzlich eilig zu haben. „Und du machst mich wirklich scharf mit deiner lustigen Kleinmädchenart!“

Ist das als Kompliment gedacht? Ich bin mir nicht sicher. Nervös schließe ich meinen BH und brauche dazu mehrere Anläufe.

Luuk sieht mir dabei zu und lächelt ein wenig, aber auf dem Rückweg ist er schweigsam. Die beiden leeren Gläser liegen zwischen uns in der kleinen Ablagekonsole und klirren bei jeder Unebenheit der Straße.

„Ist irgendwas?“, frage ich schließlich zögerlich, als ich es nicht mehr aushalte. Ich spüre selbst, dass ich wieder nicht perfekt war. Hat er das Zusammensein mit mir über? Ist er enttäuscht von mir?

„Nö, nur müde", ist seine Antwort. Er gähnt und reibt sich die Augen. Seine Hand liegt während der ganzen Fahrt nicht einmal mehr auf meinem Oberschenkel. Ich bin irgendwie ernüchtert. Schwarze Baumschatten gleiten auf der anderen Seite der Scheibe wie missmutige Geister vorüber, während wir schweigend durch die Nacht fahren.

„Also dann, bis zum Recall, Kleines", sagt Luuk wieder lächelnd zum Abschied, genau wie beim letzten Mal. Er zwinkert mir zu und öffnet, indem er sich für einen Moment über mich lehnt, die Beifahrertür für mich. „Ach ja, ehe ich es vergesse. Zwei Sachen: Das hier bleibt unter uns. Das geht keinen was an, okay? Und dein Song beim Recall ist *I'm not a girl, not yet a woman* von Britney Spears. Aber *psst!*, auch, dass ich dir das verraten habe, bleibt unter uns, verstanden? Ist nämlich eigentlich totales No-Go, dass du jetzt schon was weißt."

Ich nicke und stolpere aus dem Wagen.

9

Ganze Wahrheit, halbe Wahrheit – keine Wahrheit.

Ich bin wahnsinnig erschöpft.

„Und? Wie war's? Was habt ihr gemacht? Warum, um alles in der Welt, wollte er dich sehen?", nuschelt Selma verschlafen, als ich neben sie in mein Bett schlüpfe. „Ist er okay? Oder ein Perversling?"

„Okay", flüstere ich matt. Meine Mundwinkel brennen.

„Wo habt ihr zwei Hübschen euch denn rumgetrieben, hm?"

Selma richtet sich halb auf, ehe ich an einer Antwort basteln kann. „Wow, du riechst nach Aftershave, Eli! Du musst ja nah an ihn rangekommen sein ... Tztztz ..."

Ich spüre, wie mein Gesicht in der Dunkelheit heiß wird. Es ist weit nach Mitternacht. Ich habe beim Nachhausekommen einen Blick auf mein Handy geworfen. Zwei Uhr neunundvierzig. Ich bin matt und so leise wie möglich nach oben geschlichen und habe so lange vor meiner Zimmertür ausgeharrt, bis ich mit einer Berührung meines Touchscreens drei Uhr auf meinem Handy fixieren konnte. Das hat mir für einen Moment gutgetan, aber der Moment war schnell wieder verflogen.

Drei Uhr. Um kurz nach elf hat er mich abgeholt. Vier Stunden! Vier Stunden, in denen wir streng genommen kaum ein paar Worte gewechselt haben.

Ich fühle mich bleischwer.

Und völlig leer.

Ausgepumpt.

Die Leere kommt ganz plötzlich und überrascht mich.

„Ich ... ich erzähl dir morgen alles", flüstere ich schwach.

„Wenn du so verschärft nach seinem Aftershave riechst, ist was gewesen", murmelt Selma, die sich mit Typen auskennt, aber sie ist zum Glück zu verschlafen, um weiter nachzuhaken. Ich warte, bis ihre Atemzüge mir verraten, dass sie wieder fest eingeschlafen ist. Erst dann kann ich es wagen, mich zu rühren.

Ich schleiche mich ins Bad.

Dort sehe ich meine eingerissenen Mundwinkel.

Mein blasses, übernächtigtes Gesicht.

Eine eigenartige Trostlosigkeit in den Augen, die von Schatten umgeben sind.

Ich versuche krampfhaft, mich an den Text des Britney-Spears-Songs *I'm not a girl* zu erinnern, aber ich habe nur noch den Refrain im Kopf, mehr ist nicht da.

Diesen Blödsinn soll ich singen? Der Song ist doch uralt und geht längst jedem mehr oder weniger auf die Nerven. Signe zum Beispiel findet, dass Britney Spears insgesamt eine gesangliche Zumutung ist. Und auch Selma und ich können ihren Liedern nicht wirklich etwas abgewinnen.

Die Leere breitet sich weiter in mir aus.

Es ist, als hätte Luuk mich angezapft und mir all meine Energie ausgesaugt. Ich kann mir in diesem Augenblick nicht vorstellen, jemals wieder zu rennen. Zu reden. Fahrrad zu fahren. Ins Wehr hinunterzuschauen. Zu lachen. Shoppen zu gehen.

Was ist nur plötzlich los mit mir?

Es ist doch alles gut gewesen – bis eben.

Luuk mag mich. Wir hatten ein richtiges Date. Wir haben ein zweites Mal miteinander geschlafen. Es war okay, hat mir nicht wehgetan wie beim letzten Mal. Außerdem hat er mir sogar den Song verraten, den ich beim Recall singen werden muss. Das ist eine große Geste, weil er dafür bestimmt Ärger bekommen könnte. Er hat das nur gemacht, weil er mich mag. Es ist ein Vertrauensbeweis, ganz klar.

Alles wird gut.

Warum bin ich nur so leer und so traurig?

Im Grunde ist traurig auch nicht das richtige Wort für meinen Gefühlszustand ...

Ich starre mein Spiegelbild an.

Was findet Luuk an mir?

Irgendetwas an unseren Zusammentreffen fühlt sich falsch an.

Die Minuten verstreichen.

Fast mechanisch greife ich in den hinteren Teil der Krimskrams-Schublade unserer Badezimmerkommode.

Ich versichere mich, dass die Tür ordentlich verriegelt ist.

Draußen höre ich die allerersten Vögel allererste Töne von sich geben.

Ich sehe silbergraues Morgenlicht, das durch die Badfensterjalousie sickert.

Sekunden später schneide ich in meine Oberschenkel. Zuerst in den, auf dem Luuks Hand während der Fahrt zum Wehr lag. Dann in den anderen.

Es sind die tiefsten Wunden, die ich je geschnitten habe.

Ich spüre mich stoßartig atmen. *Ein. Aus. Ein. Aus. Ein. Aus.*

Mit den Fingerspitzen fahre ich immer wieder durch das hervortretende Blut.

Mein Blut.

Da bin ich – Elina Lawall – verletzlich ... Aber da. Ich bin ich.

Luuks Hände und seine Küsse und unser Miteinanderschlafen haben nur an meiner Oberfläche gekratzt. Ich bin kalt zurückgeblieben. Aber jetzt, jetzt ist es besser. Jetzt geht es mir besser.

„Oh, verdammt, verdammt, verdammt ...“, höre ich mich flüstern.

Verdammte Scheißwelt.

„Er hat mich geküsst, sonst nichts“, sage ich widerwillig zu Selma, weil sie am Morgen einfach keine Ruhe gibt.

Ich bin nicht mehr eingeschlafen in dieser Nacht. Stattdessen habe ich mit Kopfhörern immer wieder *I'm not a girl* gehört, bis es draußen völlig hell geworden ist. Meine Beine brennen immer noch wie Feuer, aber der Schmerz tut mir gut. Er füllt mich ganz aus, gibt mir ein inneres Gleichgewicht.

Selma sitzt in zwei Handtücher gewickelt an unserem Küchentisch und frühstückt. Sie ist gerade erst aus der Dusche gekommen. Im Bad gibt es keine verräterischen Spuren der Nacht mehr. Ich hocke ihr gegenüber und starre vor mich hin. Morgens esse ich meistens nichts.

„Geküsst – sonst nichts?“, wiederholt Selma und knabbert an ihrem Toast. „Eli, ihr wart eine Ewigkeit weg. Wo seid ihr gewesen? In einer Bar oder wie oder was? Und was geht da eigentlich ab? Ich meine, ist der etwa verknallt in dich? So Liebe-auf-den-ersten-Blick-mäßig ... oder gehört das zur Show? Ist er nicht schon über dreißig und der totale Schnösel?“

Gereizt hebe ich den Kopf. „Was soll das denn? Wir sind zum Wehr rausgefahren, weil Luuk irgendwie genervt von dem ganzen Zirkus war. Wir saßen in seinem Auto und haben uns unterhalten. Und so. Und dann hat er mich halt – geküsst. Es ist eben einfach passiert.“

Wir sehen uns an. Selma runzelt die Stirn, beherrscht sich aber wenigstens und bohrt nicht weiter, bis sie los muss zu ihrem Samstagvormittagsjob.

„Bist du denn in ihn verliebt, Eli?“, fragt sie, als sie

schon in ihre Jacke schlüpft. „Meintest du etwa ihn bei diesem hirnverbrannten Chat-Interview?“

Einen Augenblick ist es ganz still zwischen uns.

„Ja“, gestehe ich dann leise und schiebe schnell die Haustür hinter Selma zu, um ihr keine Zeit für eine Erwiderung zu geben.

Und am Abend ist plötzlich Oskar da. Wo ist der Tag geblieben? Warum hat Signe nicht wie sonst angerufen? Ma ist noch auf einer Gastronomen-Messe. Und mich hat der Tag irgendwie verschluckt. Ich bin in einem einsamen Off abgetaucht, ohne Essen, ohne Trinken, alleine mit mir, und habe es nicht einmal bemerkt.

Als Oskar gegen sechs Uhr Sturm klingelt, fahre ich zusammen und brauche einen Moment, um mich zu orientieren. Leicht benommen eile ich nach unten und öffne die Tür. Os lehnt sich mit hängenden Schultern gegen den Türrahmen und sieht mich nur an. Sein Atem geht schwer und seine hellblauen, großen Augen, unter denen dunkle Schatten liegen, schauen in meine, bis ich wegblicken muss.

„Tot“, sagt er in diesem Moment. Mehr nicht.

Zwischen uns ist die Türschwelle, und noch viel mehr.

Ich zucke zusammen. Verdammt, natürlich! Chapeau Claque ... Oskars verzweifelte Anrufe. Sein erleuchtetes Fenster in der Dunkelheit, als ich mit Luuk daran vorbeifuhr. Ich habe das alles völlig vergessen.

„Ich habe gestern echt ewig versucht, dich zu erreichen“, sagt Oskar als Nächstes. „Ich bin fast durchgedreht. Der Faltzylinder starb sozusagen in barbarischen Schüben ...“

Und plötzlich tritt Oskar über die Schwelle und alles, was sich zwischen uns aufgetürmt hat, lehnt sich gegen mich und drückt sein verschwitztes Bad-Dog-T-Shirt an meinen Oberkörper. Seine Arme legen sich um mich. Er riecht nach Jungenschweiß, so wie er schon immer gerochen hat, außerdem nach seinem Hund und nach dem Ökowaschmittel, mit dem er und seine Mutter die Wäsche waschen. Ich weiche zurück, keine Ahnung warum. Oskar lässt die Arme sinken und starrt mich verwirrt an.

„Es tut mir sehr leid, Os, wirklich“, kommt aus meinem Mund und ich weiß, dass es kalt klingt. Aber mir wird alles zu viel. Das Casting. Die Sache mit Luuk. Und jetzt auch noch Oskar mit seinem toten Hund.

„Willst du nicht wenigstens wissen, wie es war?“, fragt er leise und schließt, ohne meine Antwort abzuwarten, die Tür hinter sich. Der alte Collie war ein Anachronismus gewesen. Er ist fast so alt wie Oskar selbst gewesen und gehörte eigentlich mal seinem Vater, der ihn irgendwo in Italien angefahren am Straßenrand aufgelesen hatte. Und als Os’ Vater ging, ist Chapeau eben bei Oskar geblieben. Ewig hätte er sowieso nicht mehr gelebt.

„Doch, klar ...“, antworte ich. Ich meine es auch so, bin innerlich aber trotzdem weit weg. Wir gehen in mein unaufgeräumtes Zimmer hinauf.

„Kackleben“, sagt Oskar und schmeißt sich auf mein Bett. Er liegt auf dem Rücken, die Hände unterm Kopf verschränkt. „Dass Sterben so scheiße ist, echt ...“ Oskar schüttelt den Kopf und kickt seine Turnschuhe von den Füßen. Sie fallen polternd zu Boden.

Ich setze mich schweigend in die Nähe des Fensters, mit dem Rücken an mein Regal gelehnt. Ich habe das dringende Bedürfnis mich anzulehnen, abzustützen.

„War wieder was bei dir?“, fragt Oskar und hebt für einen Moment den Kopf. Er sieht zu mir hinüber und fixiert mich prüfend, als sei er ein Röntgengerät, das mir ins Innere schauen kann.

„Was meinst du?“

Ich spüre selbst, dass mein Blick flackert. Ich weiß ja, dass Oskar *weiß*. Ich denke an die erste Therapiestunde, die hinter mir liegt. Die Therapiestunde wegen der Fenstersache.

„Gibt es jemanden, dem du dich wirklich anvertraust? Jemand, dem du restlos vertraust?“, fragte die Therapeutin mich aus ihrem Korbsessel heraus. Und ich nannte, nach kurzem Zögern, aus meinem Korbsessel heraus Oskars Namen.

Alle anderen Antworten waren gelogen.

„Warum hast du dich selbst verletzt, Elina? Weißt du das?“, wollte die Therapeutin etwas später wissen. Interessierte sie das alles wirklich? Ich musste für einen Moment an meine Mutter denken. Tortenverkaufen ist ihr Job. Sie tut es, weil es getan werden muss. Der vegane Kram ist etwas Neues. Daran hat sie, wie es aussieht, wirklich Spaß. Aber der übrige Tortenkram ist nur Pflichterfüllung. *Mögen Sie Sachertorte? Nehmen Sie doch ein Stück Schwarzwälder Kirschtorte. Oder vielleicht probieren Sie von der Buttercremetorte? Blablabla.*

Ist es bei Therapeuten nicht genauso? Zu Beginn, wenn alles noch neu ist, macht der Job bestimmt Spaß und man ist voll bei der Sache. Aber mit der Zeit? Was interessiert es diese Frau, ob ich mich steche oder ritze oder aus dem Fenster stürze? Sie muss mir eben zuhören, genau wie meine Mutter Torten an den Mann bringen muss. Wahrscheinlich pfeift sie im Grunde darauf, was ich mit meinem Leben anstelle.

„Das war nur mal so“, gab ich zurück, genau wie ich es zu Signe gesagt hatte. „Ich habe mir nichts dabei gedacht. Es war blöd, ich weiß ... Ich war eben nervös.“

Ich schaute ihr fest ins Gesicht dabei. Nur keine Unsicherheit zeigen, nur nicht mies drauf rüberkommen. Ein fester Blick ist die halbe Miete, so viel weiß ich über die Psychologie der Mimik. Sie sollen mich in Ruhe lassen. Diese Sache geht nur mich an. Schlimm genug, dass Os davon weiß.

„Kennst du vielleicht andere Mädchen, die sich selbst – verletzen?"

„Nein."

Offene Augen. Lächeln. Nicht die Finger verknoten. Nicht fahrig rüberkommen.

Dann sollte ich plötzlich etwas aus meinem Leben erzählen. Etwas Gutes. Und etwas weniger Gutes. Ihr Korbstuhl knarzte.

Du lieber Himmel – was für ein Quatsch.

Sie fragte nach meinen Eltern – kotz ... Nach Amara. Nach der idiotischen Schule. Und eben nach Oskar, weil ich zu Beginn gesagt hatte, ich würde ihm vertrauen.

„Hast du dir wieder ...?", unterbricht Oskar in diesem Moment meine Gedanken.

„Os! Bitte!"

„Warum bist du dann, wenn nix war, nicht ans Telefon gegangen, verdammt?"

Oskar hatte mich mal dabei überrascht, als ich mich selbst verletzte. So hatte es angefangen, deshalb weiß er Bescheid.

Es war im Garten. Bei meinem Stein. Dem Engelstein, wie Oskar ihn beharrlich nennt, nur weil ich das früher mal so gemacht habe.

An diesem Tag schüttelte eine Art undefinierbare Sehnsucht meinen Körper. Ich war vierzehn und Selma hatte von einem Tag auf den anderen ihren ersten festen

Freund, einen wahnsinnig netten Iraner, der in unsere Schule ging. Außerdem war Amara zu Besuch und übersah mich wie üblich. Meine Eltern stritten sich seit Wochen über ihre Anwälte, um Geld und kein Geld und tausend andere zermürbende Dinge. Und ich ...? Ich fühlte mich sehr einsam und allein gelassen. Zuerst saß ich stundenlang an meinem PC und spielte irgendein hirnrissiges Spiel, bei dem ich in einer virtuellen Welt Paare bildete, Hochzeiten vollzogen, für sogenannten Nachwuchs sorgte. Ich erschuf ganze Heerscharen gut aussehender, perfekter Familien. Ich ließ sie Händchen halten, Geld verdienen, Häuser bauen, lachen, im Pool baden, grillen. Ich lächelte ihnen zu und gab ihnen Namen. *Hey, Deborah! Na, liebst du Mr Sixpack? Grüß dich, Samantha ... Wow, hast du dir einen smarten Typen geangelt ... Wie heißt er? Amadeo? Cooler Name ...* Irgendwann war ich völlig benommen. Und dann packte es mich. Ich begann, sie zu töten. Alle. Sie starben beim Grillen, sie ertranken im Pool, ich hetzte tödliche Insektenschwärme auf sie, ich tötete sie via Stromschlag, ich ließ sie erfrieren. Ich löschte sie einfach alle aus. Verrückt, wie einfach das ging.

Ich war wie von Sinnen.

Irgendwann erschrak ich beinahe vor mir selbst. Was tat ich hier eigentlich? Ich hatte das Gefühl, wirklich böse, grausam und unmenschlich zu sein. Mein Herz klopfte mir bis zum Hals. Meine Zunge klebte an meinem Gaumen.

Sehr, sehr langsam schloss ich den Laptopdeckel. Sehr, sehr langsam ging ich hinunter in den Garten und versuchte, tief durchzuatmen.

Der Engelstein.

Das Moos darauf.

Luft. Licht. Ruhe.

Ich bettete meine zitternden Hände in weiches Grün. Aber Moos ist in Wahrheit gar nicht so weich, wie man immer meint. Immer wieder rieb ich mit meinen kalten Handflächen darüber. Ich rieb, bis meine Hände heiß und das Moos restlos zerbröselt war und ich den rauen Stein spürte. Ich rieb weiter, bis meine Hände bluteten. Merkwürdige Gefühle überfluteten mich. Etwas in mir wollte mit dem Blödsinn aufhören, etwas anderes drängte mich aber, weiter- und weiter- und weiterzumachen.

Und da kam Oskar.

„Scheiße, was machst du denn da? Spinnst du?"

Seine Stimme klang so erschrocken wie der Blick war, mit dem er mich ansah.

Blut sickerte aus meinen aufgeschürften Handflächen und ich saß einfach nur da, ohne mich zu rühren.

So hatte es angefangen.

Blut tropfte ins Gras zu unseren Füßen.

„He, Elina ..."

„Es ist nichts ..."

„Doch ist was."

Aber was war los? Ich verstand es ja selbst nicht.

Oskar bleibt an diesem Abend lange und erzählt mir mit leiser, trauriger Stimme, wie sein uralter Hund gestorben ist.

„Er guckte mich so merkwürdig an, Elina. Wie als wüsste er, dass es jetzt um alles geht. Dass er abkratzen würde." Oskar grinste schief. „Dann kotzte er sich plötzlich die Seele aus dem Leib. Als müsse er sich dringend von allem Irdischen befreien, oder so ... Und dann fing er an zu zittern. Und mit den Zähnen zu klappern. Aber immer dieser Blick dabei, verstehst du? Dieser gespenstige Blick. Irgendwann fiel er wie ein Baumstamm zur Seite und konnte nicht mehr aufstehen. Da fing er an zu winseln. In komischen Tönen, wie er sie noch nie von sich gegeben hatte. Es war, als redete er. Natürlich ist das Blödsinn, aber es hörte sich eben so an ... Ich musste an alles denken, was ich mit ihm erlebt hatte. Da wurde mir selbst zum Kotzen zumute. Hey, das Vieh ist bisher einfach *immer da gewesen*! Und dann brach sein Blick. Wuuusch und aus ..."

Längst ist es draußen völlig finster geworden. Die Nacht ist über uns hereingebrochen. Ich fühle mich ausgefroren, leer und todmüde.

Aber irgendwann kriegen wir dann doch die Kurve über „Jetzt muss er sich wenigstens nicht mehr quälen" und „Wo auch immer er ist, jetzt geht's ihm besser" zu „Er war ein prima Hund, trotz dieses gruseligen Mundgeruchs". Und nachdem wir eine Zeit lang einfach nur still dagelegen sind, greift Os in der Dunkelheit nach meiner Hand. Kaum, dass ich seine tastenden Finger spüre, setze ich mich ruckartig auf. Um Himmels willen, nein. Os ist mein bester Freund, aber ich bin nicht verliebt in ihn.

Ehe ich es verhindern kann, erzähle ich ihm von Luuk, benutze die Geschichte als eine Art Schutzschild gegen Oskars Annäherungsversuche. Ich berichte leise von unserem ersten Zusammentreffen, wie er aussieht, von seinem Lächeln und wie er mich vor dem aufdringlichen Reporter geschützt hat. Was dann so überstürzt in Luuks kleinem Büro passiert ist, übergehe ich, aber dass ich schlussendlich mit Luuk geschlafen habe, erwähne ich doch. Verdammt, wir hatten uns schließlich bisher immer alles anvertraut. Ich verschweige allerdings, dass es ausgerechnet in den Stunden, in denen Chapeau Claque gestorben ist, passierte, aber das ist auch die einzige Schonung, die ich Oskar gönne.

„Du hast was?“, fällt Oskar mir ins Wort. „Und das ist kein Mist, Elina? Nicht bloß eine Story?“

Ich schüttle den Kopf, habe aber keine Ahnung, ob Oskar das in der Dunkelheit überhaupt noch erkennen kann.

„Luuk Gerritsen ...? Dieser Typ mit der schmierigen Haartolle und dem nervigen, holländischen Akzent? Dieser Typ mit dem IQ von Plankton? Echt, jetzt?“

Oskar richtet sich auf, weicht zurück und steht jetzt mit hängenden Armen vor mir, das Gesicht ganz starr und grau gestreift vom trüben Licht, das durch meine heruntergelassene Jalousie dringt.

Dann dreht er sich ganz langsam um, wie in Zeitlupe, und geht.

Um nicht wiederzukommen, das spüre ich. Spüre ich deutlich.

Bedrückt krieche ich zurück in mein zerwühltes Bett.

Luuk meldet sich weder via Facebook-Chat, noch mit einer SMS.

Es ist schwachsinnig, deswegen die ganze Nacht wach zu liegen, die Möbel knacken und hin und wieder Eulen schreien zu hören. Die Stille, die zwischen diesen Geräuschen herrscht, brennt in meinem Kopf wie Feuer.

Irgendwann kommt auch meine Mutter nach Hause.

Die Tür geht. Schritte. Und weitere Schritte.

Verdammt, Amara? Ja, Amara. Was will die denn schon wieder bei uns?

Ich bleibe die ganze, beschissene Nacht wach.

10

MÄRZ

Die Welt im Überschlag, im freien Fall.
Oskar? Verschollen.
Signe? Verstummt.
Verstummt, verstummt, verstummt.

Zuerst ist sie verschwunden.

„Warum meldet sich Signe nicht?", frage ich meine Mutter. „Hast du mal angerufen?", ist die zerstreute Antwort. Ja, klar, denke ich gereizt. Sonst würde ich wohl nicht nachfragen ...

„Habt ihr in den letzten Tagen von meiner verstockten Mutter gehört?", fragt mein Vater unseren Anrufbeantworter und klingt dabei so gereizt, wie ich mich fühle.

„Signe ist mit dem Papiermüll im Verzug", jammert Lutz, der Müllfetischist, als ich in Signes Haus vorbeischaue.

Wir beginnen zu suchen.

Als wir sie endlich auftreiben, ist sie kleiner denn je, dazu bleich wie Pergament, die Lippen ein Strich. Die weiße Ente war unser Hinweis. Übersät mit Krähenkacke und die Scheibe voller Strafzettel finden wir sie schräg geparkt in einer Parkverbotszone in der Altstadt. Signes letzter Parkplatz: das Eckcafé Liebe.Drama.Wahnsinn, ein Treffpunkt für alt gewordene Linke. Von dort musste sie zu Fuß davongeirrt sein. Ein paar angetrunkene, mitleidige Obdachlose haben Signe im Stadtpark entdeckt, wo sie am Ententeich saß, die Füße im seichten Wasser, und ins Leere starrte. Sie ist nicht mehr rot. Ihre ganze rote Aura ist fort.

„Knollen für fast fünfhundert Euro, ist das zu glauben?", knurrt mein Papp ungehalten. Ist *das* sein größtes Problem? Ich hasse ihn dafür.

„Ein Blutgerinnsel im Kopf", sagen die Ärzte im Krankenhaus bedauernd.

„Wird sie sich erholen?", fragt Ma. Ich fahre zusammen und stolpere aus dem Klinikzimmer, um nicht hören zu müssen, was die Ärzte darauf erwidern werden. Aber ich spüre die Antwort schon, spüre sie am ganzen Körper. Nein, sie wird sich nicht erholen, nie mehr. Das ist das Ende. Signes Ende. Das Ende meiner weißen Großmutter. So wie Oskar es vor vielen Jahren prophezeite. Signe ist alt und keiner lebt ewig. So einfach ist das. Statt rot ist sie jetzt ockerfarben. Sieht das denn keiner außer mir?

Sie wird sterben. Sie wird bald sterben. Sehr bald.

„Dass Sterben so scheiße ist", hat Oskar in Bezug auf Chapeau Claque gesagt.

Ich starre auf eine Aufnahme meiner Großmutter aus den Sechzigerjahren. Da war sie jung, vergnügt. Mit zerzausten Haaren, in Jeans und weißem T-Shirt, die Füße nackt und voller Straßenstaub. Rot. Damals wohnte sie in einem besetzten Haus mitten in Berlin, mit meinem Vater (gelb wie Amara) im Schlepptau. Sie war so voller Leben. Viel mehr als ich. Aber jetzt? Was ist geblieben? ... Die zerzausten Haare? Dünn wie Spinnweben. Der lachende Mund? Ein schweigender Strich. Ihr schönes Gesicht? Zerfurcht, zerknittert, ausgelebt.

Ich spüre, wie die alte Panik mich packt.

Meine Mutter und Amara treffen sich, um Signes Wohnung nach einer Patientenverfügung zu durchsuchen. Ich gehe still mit. Seit Tagen habe ich kaum gegessen, was Carla und Bernadette auf die Idee gebracht hat, neue Bilder für die Elina-Lawall-Fanseite von mir zu machen.

„Superschön, deine Figur. Bist wahnsinnig dünn. Wie machst du das nur? Du siehst besser denn je aus, echt", sagen sie und lächeln mir zu.

Plötzlich gehöre ich zu ihnen. Oskar steht an diesem Vormittag alleine unter seinem Baum und sieht zu mir herüber. Gerade ist große Pause, er lehnt am Stamm der Eberesche, lang, dünn, blass, und seine Augen sind wie Eis.

Ich versuche, ihm zuzulächeln, aber es gelingt mir nicht. Aber es ist auch egal. Oskar hat sich sowieso längst weggedreht.

Werden wir nie wieder ein Wort wechseln?

Ich sitze am Bett meiner Großmutter, wo sie ganz verloren unter der glatten, weißen Klinikdecke liegt. Ihre Augen sind geschlossen, so als wollte sie auf diese Weise den entwürdigenden Rest des Lebens aussperren. Spürt sie, dass ich da bin? Ich bringe es nicht über mich, mehr als ihre kalte, trockene, pergamentene Hand zu berühren. Und selbst das nicht für lange.

In meinem Kopf ist nur Angst. Keine Musik. Nichts. Dabei ist in drei Tagen Recall.

Ich habe nichts von Luuk gehört. Meine Chatversuche über Facebook bleiben unbeantwortet. Wie es aussieht, war er dort zu keinem Zeitpunkt online. Warum meldet er sich nicht? Warum nicht? Warum nicht?

„Du wirst immer dünner, Eli", sagt Selma besorgt. „Iss mal was, okay?"

Heute Morgen hat Amara, die immer noch nicht wieder gefahren ist, an ihrem Handy zu irgendwem gesagt: „Wird Zeit, dass ich wieder abhaue. Ich mag es einfach nicht, lange hier zu sein. Ich ertrage es nicht, sie um mich zu haben, verstehst du?"

Ich war mir sicher, obwohl ich nicht wusste warum, dass

sie mich damit meint. Mich – und nicht etwa Maria, mit der sie sich schon wieder in den Haaren liegt.

Warum war ich ihr nur so zuwider?

In diesem Moment höre ich Signes Stimme. Ich zucke erschrocken zusammen und hebe den Kopf. Ich habe das Gefühl, von weit her zurückzukommen. Dieses Gefühl habe ich oft, dieses Gefühl hat mich schon mein ganzes Leben begleitet.

Signes Augen stehen jetzt offen und sie blickt mich an. Zum ersten Mal, seit Ötte und Pietsch, die beiden Stadtstreicher, sie im Park gefunden haben, scheint sie wieder ganz klar zu sein.

„Signe“, flüstere ich leise und hoffnungsvoll. Dabei fühle ich mich eigentlich schwach und erschöpft und ausgepumpt.

Mach dir keine Sorgen, sagt meine weiße Großmutter.

Ich starre sie an. Ihr Mund hatte sich nicht bewegt, ihre Lippen sind immer noch ein Strich, lebhaft nur ihre hellblauen Augen. Sie richtet sie fest auf meine.

Hab keine Angst, hörst du?

„Wie?“, flüstere ich verwirrt. Wie kann ich sie hören, wenn sie gar nicht wirklich spricht?

Angst zerstört, mein Kummerkind, fährt Signe fort. Angst zerstört die Seele. Sie macht dich schwach und traurig. Sei mutig. Schüttle die Angst ab.

Als Kind nannte sie mich oft so. *Kummerkind.*

„Warum bist du so ernst, mein Kummerkind?“, konnte sie fragen. „Lächle in die Welt und die Welt lächelt zurück.“

Dabei drückte sie mich an sich und hüllte ihren Optimismus um mich wie einen Mantel.

Ich starre sie an. Sie hat sich verändert, seitdem ich sie ein paar Minuten zuvor zum letzten Mal angesehen habe.

Sie ist jetzt nicht mehr teilnahmslos und weggetreten. Wird sie ...? Besteht die Möglichkeit, dass sie wieder ...? Trotz dieses schrecklichen Blutgerinnsels in ihrem Kopf?

Ich höre, wie mein Herzschlag im ganzen Körper widerhallt.

Ich werde nun gehen, Elina, sagt die Mutter meines Vaters in diesem Moment leise und behutsam. Ihre Stimme klang wie früher, als ich noch klein war. Und ihr Mund bewegt sich immer noch nicht. Wie kann ich sie hören? Wie ist das möglich? Was geschieht hier? Meine Augen jagen durch den abgedunkelten Raum. Über Signes Bett baumelt, wie all die Tage zuvor, der Notrufknopf, der mit dem Schwesternzimmer verbunden ist. Soll ich ihn drücken? Ja? Nein?

Zieh bitte die Vorhänge auf, ich möchte den Himmel sehen ...

Ich tue es wie ferngesteuert, wie eine Marionette. Alles an mir zittert. Ich höre meine Zähne, die aufeinanderschlagen. Was bin ich nur für eine Memme.

Es ist gut, Elina, sagt Signe sanft. Es ist alles gut.

„Aber", stammele ich und verknote meine Finger so fest ineinander, dass es wehtut. Und „Nein!" und „Bitte! Signe, lass mich nicht allein. Ich habe doch niemanden außer dir."

Du hast Oskar. Und da ist Amara.

„Amara?"

Bilde ich mir das alles ein? Signes Blick flackert leicht, ihre Augenlider zucken erschöpft und senken sich wie in Zeitlupe.

Sprich mit ihr, Elina. Hörst du?

Und dann stirbt sie. Das Ockergelbe verlässt sie, schwebt wie ein Schatten davon.

Ich sitze reglos neben ihr, bis eine Krankenschwester

das Zimmer betritt. Und danach so lange, bis alle Muskeln in meinem Rücken eisenhart, und meine Füße kalte Klumpen ohne Leben sind. In meinem Kopf höre ich immerzu einen hohen, eigenartig metallischen Ton, der mir wehtut, aber der mit Signes Sterben in Zusammenhang steht und irgendwie das Letzte ist, was mir von ihr bleibt.

Als die Schwester mich später mit aus dem Zimmer nimmt, weine ich zum ersten Mal seit Jahren.

Alles tut mir weh.

Ich falle durchs Internet. Facebook. Freundschaftslisten. Fanseiten. Luuks Grüße, die schon so lange her sind. Jeder, der sie gesehen hat, hatte (vermutlich überrascht) den ‚Gefällt-mir'-Button gedrückt. Über fünfhundert ‚Likes' waren auf diese Weise für Luuks Grüße zusammengekommen. Manche hatten eigene Kommentare dazugeschrieben, um ebenfalls mit Luuk in Kontakt zu kommen, aber er hatte – wenigstens das – auf nichts reagiert.

Zufällig sehe ich auch, dass Oskar nicht mehr in meiner Freundesliste steht. Ich registriere es nur. Als Nächstes finde ich eine Seite über den Tod. Im Gedenken an meine Großmutter habe ich sie aufgestöbert.

Sterben. Es gibt Sterbehasser. Und Sterbeliebhaber.

Wie wahnsinnig endgültig der Tod ist. Man kann nicht sagen: *Sorry, ich hab's mir anders überlegt* und wieder aufstehen. *Hinfallen. Aufstehen. Krone richten. Weitergehen.* Ein Trugschluss. Der Tod kommt und tötet. Nimmt alles. Alles. Alles. Das ist sein Sinn. Seine Berufung.

Was ist mit Selma? Mit meiner Mutter? Mit Amara? Haben sie keine Angst? Kann das sein? Bernadette? Carla? Die Leute auf der Straße? Die Lehrer an der Schule? Ticken die alle normaler? Was ist falsch an mir? Warum fürchte ich mich so entsetzlich?

Meine Finger werden steifer, langsamer. Nach und nach verschwimmt meine Angst. Aber was danach kommt, ist noch viel schlimmer. Die Stille, das Nichts. Das habe ich schon unendlich oft erlebt.

Plötzlich – eine Seite – in den unendlichen Weiten des Netzes. Ich finde sie einfach so. Vielleicht ist es auch die Seite, die mich findet. Jedenfalls stehen wir voreinander und sehen uns an. *Jaaaaa!*, heißt sie. Ja? Ein kryptischer Name.

Jaaaaa?

Ich halte inne und starre wie gebannt auf den Bildschirm.

„Leben. Sterben. Ritzen."

„Ich schließe für einen Moment die Augen. Und öffne sie wieder."

Ich bin doch nicht alleine. Ich bin eine von vielen. Vor meinen Augen tanzen Sterne. Helle Sterne.

Ich. Bin. Nicht. Alleine.

Die Seite ist auf der Hut. Wechselt immer wieder ihren Namen. Weil sie gejagt, verfolgt wird. Weil sie verboten ist. Das Jugendamt ist ihr immer dicht auf den Fersen, schreibt die Todesfee. Die ... wer?

Sie ist ihres Zeichens die Schöpferin dieser Seite.

Ich registriere mich, erstelle mir nach kurzem Zögern ein Profil. Ein Foto lade ich nicht hoch, das traue ich mich nicht. Wieder schlüpfe ich in Amaras Haut und benutze ihren Namen für meine Zwecke.

Ja, ich verletze mich, schreibe ich mit zitternden Händen an die Todesfee, deren dünnes milchweißes Gesicht mir photoshopbearbeitet beim Tippen zusieht. Ohne ein Lächeln, mit schwarzen Augen und einem traurigen, wissenden, flammendroten Mund, der ein Strich ist. *Ich kann mich sonst nicht fühlen*, schreibe ich weiter und höre meinen angespannten Atem durch mein Zimmer wehen. Ich versinke in meinem Laptop wie in einer Luftblase. Einer Luftblase aus Stahl.

Luuk ...?

Ich will es noch mal über Facebook versuchen.

Mir geht es total schlecht!!!, tippen meine Fingerspitzen.

Aber er ist nicht online.

Ich schreibe ihm vorsichtshalber nichts vom Tod meiner Großmutter, weil ich mir nicht sicher bin, ob es vielleicht lächerlich ist, wegen einer alten gestorbenen Oma so verzweifelt zu sein.

„Du Arme", sagt Selma hingegen und sie meint den Tod von Signe. „Aber sieh mal, sie war doch auch schon schrecklich alt. Und hey, ich hab gar keine Oma, denn eine gewisse Fatma Akgül missachtet mich, Dilaras Kind der Schande, komplett! Du hattest Signe sechzehn lange Jahre."

Oskar lässt sich nicht blicken, auch nicht am Tag der Beerdigung, dabei hatte meine Mutter dafür gesorgt, dass es sogar in der städtischen Tageszeitung stand. *Signe Lawall ist gestorben. Wir sind sehr traurig.* Darunter aufgereiht unsere Namen, das sah seltsam friedlich aus.

„Eli, kommst du? Beeil dich doch!"

Wir machen uns auf den Weg. Ma, dazu mein Vater (blass und gereizt), außerdem Amara, kühl und unnahbar wie immer, mit einem unbekannten, wenig sympathisch aussehenden Mann an ihrer Seite. Os hätte vermutlich gesagt: „Wow, das passt: Kühlschrankfrau findet – endlich – Kühlschrankmann!" Lutz, der an diesem Tag ehrlich betrübte Müllfetischist, und ein paar andere Mehrgenerationenhausbewohner. Alt, jung, laut, leise. Außerdem

Anuschka, dick und schön wie immer, an diesem Tag von Kopf bis Fuß schwarz angezogen, und voller Tränen. „Diese wunderbare, weiße Frau! Gegange, für immer gegange“, schluchzt sie wieder und wieder. Und dann, still und leise, Selma und ich.

Ich fühle mich krank vor Leere. Wo ist Signe bei all dem? Musik, Andacht, Blumen, Kerzen. Und zum Schluss werfen sie laut polternde Erdklumpen auf Signes Sarg dort unten in dem ausgehobenen Loch, um das wir uns zum Schluss alle stumm versammeln.

Und ich? Ich weiche zurück und schaffe es gerade noch hinter einen Grabstein in der Nachbarreihe.

Dort übergebe ich mich.

Signe hat natürlich nicht mit mir gesprochen ... Die Ärzte in der Klinik haben es meinem Vater gegenüber auf den Punkt gebracht: „Ihre Mutter ist ganz friedlich im Schlaf von uns gegangen. Wenigstens musste sie nicht mehr lange leiden, Herr Lawall. Herzliches Beileid.“

Ich schicke Oskar eine SMS, aber es kommt keine Antwort.

Ich muss mich zusammenreißen. Das Gefühl, dass ich dabei bin, mich aufzulösen, lauert in mir wie ein Geschwür aus Verzweiflung. Über Facebook schicke ich eine weitere Nachricht an Luuk.

Luuk? – Kannst du mich anrufen? Bitte! Ich schreibe vorsichtshalber meine Handynummer dazu, aber er meldet sich nicht. Er ist nach wie vor nicht online. Warum habe ich seine Nummer nicht? Warum habe ich ihn nicht danach gefragt?

Fast sechshundert Freunde zeigt mir mein Account mittlerweile an.

„Verdrehte Welt“, meint Selma. „Total verdrehte Welt. Facebook ist eigentlich wirklich nur Schrott ...“

Schrott oder nicht, massenhaft Menschen wünschen mir auf meiner Timeline Glück für den Recall, auch wenn ich die meisten von ihnen nicht mal kenne. An diesem Abend bekomme ich meine Periode. Auch das noch. Ich blute wie verrückt und krieche mit Bauchkrämpfen ins Bett.

Aber wenigstens war ich nicht schwanger geworden.

„Geht's wieder?", fragt mich Kerstin, meine Casting-Betreuerin, und lächelt mir aufmunternd zu, als ich – herbeizitiert zu einem sogenannten *Vorab-Check-up* – an einem der nächsten Tage nervös und völlig übernächtigt in die Sing Factory komme. Ich nicke schwach.

I'm not a girl, not yet a woman ...

Ich weiß jetzt ganz offiziell, dass das mein Song für den Recall sein wird. Kerstin hat jedem Kandidaten seinen Titel bekannt gegeben. Ich singe ihn mit der Begleitung von Clark, dem Pianisten, vorsichtig und nicht wirklich gut an. Der Konzertflügel steht mitten auf der Bühne, vor einem Saal mit leeren Stühlen. Bestimmt zehnmal lässt Clark mich neu ansetzen und gibt mir hilfreiche Tipps. Doch die Leere des riesigen Saals überträgt sich auf mich. Irgendwann steht er vom Klavier auf und legt seine Hand auf meinen Bauch, ganz unvermittelt. „Da lebt sie, Mädchen. Deine Stimme, meine ich. Und genau da musst du sie abholen. Immer aufrecht stehen, nicht verkrampfen, Schultern zurück, den Luftstrom fließen lassen. Und nicht pressen, verstehst du?" Er lächelt mich an und wendet sich dann der nächsten Kandidatin zu.

„Neunzig Kandidaten", kreischt Bernadette am Tag vorm Recall aufgeregt. „Wir drücken dir so was von die Daumen, Eli! Enttäusch uns nicht, okay?"

Selma hat ihr Versprechen gehalten und niemandem von der Sache mit Luuk erzählt. Seine Grüße auf meiner Facebook-Timeline waren eine Weile Gesprächsstoff, aber mehr war nicht passiert.

„Eine nette Geste", sagen die Mädchen aus meinen Kursen begeistert. „Von einem supersüßen Typen! Lass dir mal ein paar Autogrammkarten von ihm geben, ja? Und sag ihm, dass er der absolute *Hotty* der Jury ist!"

„Warum kommst du nicht mit ins Chez ma tante?", drängt Carla mich am Tag vor dem Recall. „Alle gehen hin, Eli! Wir machen einen abgefahrenen Elina-Fan-Abend – dir zu Ehren, versteht sich."

Sie grinst mir aufmunternd zu, aber ich schüttle abwehrend den Kopf.

„Komm schon, Eli! *Alle* sind dabei! Bernadette, Joost, Janina, Suna, Mats, Pauli, Helena, Niamh ... Alle, eben!"

Ich schlucke, die Panik vor dem Recall brennt mir in der Kehle. Ich werde versagen, versagen, versagen. Warum habe ich diesen Blödsinn überhaupt angefangen? Bin ich von allen guten Geistern verlassen?

„Na gut", höre ich mich in diesem Moment wie aus weiter Ferne sagen. Bin ich jetzt völlig verrückt geworden? Was will ich in dieser Shisha-Bar? Ich war bisher noch nie dort. Bars sind nicht so mein Ding. Ich gehe nicht gerne aus, wenn es sich nur um Kiffen und Alkohol dreht. Und im Chez ma tante dreht es sich immer um Kiffen und Alkohol, so viel steht fest.

„Supi", sagt Carla nur und lächelt erneut. „Du wirst es nicht bereuen."

Ich.

Dort.

Mit den anderen.

„Da ist sie!“, schreit Bernadette triumphierend, als ich zusammen mit Carla und Pauline, die alle Pauli nennen, hereinkomme. Selma hat ausgerechnet an diesem Abend einen ihrer Komparsenauftritte am Theater und kann nicht mitgehen. („Oh, bitte, Selma. Kann nicht jemand für dich einspringen?“, hatte ich panisch ins Telefon geflüstert.)

Die Mädchen jubeln, als sie mich sehen, und klatschen in die Hände: „Eli! Eli! Eli!“

Sie klatschen und trommeln sogar auf die Tische, um die sie sich gedrängelt haben.

Sie jubeln für jemanden, der ich nicht bin, das spüre ich genau, aber ich versuche, nicht darauf zu achten, ich versuche, die zu sein, der sie da zujubeln.

Die Luft riecht nach Bar, nach Shishas, nach Parfüm, Schweiß und Deo. Lichtquellen sind spärlich gesät. Ich habe das Gefühl, in völliges Dunkel zu tappen, als sich die Tür hinter uns schließt. Für einen Augenblick komme ich ins Wanken, was wahrscheinlich kein Wunder ist. Seit Tagen bringe ich kaum einen Bissen herunter. Signes Tod, der Recall, die Sache mit Luuk, Oskars Verschwinden – alles ist zu viel. Und als wäre das noch nicht genug, ist Amara immer noch da und macht mir das Leben schwer.

„Das ist meine kleine Schwester“, hat sie mich ohne Gefühlsregung ihrem neuen Freund vorgestellt und er hat mir ohne Interesse die Hand geschüttelt und mich anschließend nicht weiter beachtet. Die beiden verbringen die Nächte in Amaras altem Zimmer.

„Und, haben sie Sex? Hast du sie mal gehört?“, hat mich Selma vor ein paar Tagen interessiert gefragt, aber aus Amaras Zimmer dringt nachts kein Geräusch. Und ich muss es wissen. Seit Signes Tod schlafe ich kaum noch. Die alte Angst, im Schlaf vom Tod zu träumen und daran tatsächlich zu sterben, hat mich wieder fest im Griff. Außerdem berühren sich Amara und ihr neuer Freund – wie es aussieht – nicht mal tagsüber. „Er könnte auch ihr Makler sein", habe ich schulterzuckend zu Selma gesagt. „Oder ihr Finanzberater." „Asexuell?", ist ihr Gegenvorschlag gewesen.

Ich schaffe es bis an den Tisch von Bernadette und den anderen und sinke dort auf einen der Stühle. Langsam schärft sich mein Blick und ich kann mich umsehen. Carla hat nicht zu viel versprochen. Das hier ist wenigstens keine Pseudofreundesliste voller Unbekannter, das hier sind ganz klar die Leute meiner Schule.

„Na?", sagt Mats, neben den ich mich gezwängt hatte, kaum dass ich saß und aus meiner Jacke geschlüpft war. In der Schule hat er mich früher nie beachtet. „Alles fit im Schritt?"

Mats und Joost sind Zwillinge und mit Mats habe ich Französisch und Sport.

Ich nicke zögerlich. Er grinst mir zu und spendiert mir einen Tequila Sunrise.

„Danke", sage ich, obwohl ich eigentlich keine Cocktails mag. Ich trinke kleine Schlucke und es schmeckt, wider Erwarten, gar nicht mal so übel.

Das Thema des Abends ist natürlich der Recall.

„Hallo, der Gesang ist es nicht allein!", ruft Carla. „Es geht eher darum, wie du rüberkommst!"

„Sexappeal", trompetet Joost von der anderen Seite des Tisches und prostet mir zu.

Bernadette runzelt die Stirn. Wahrscheinlich ist sie überzeugt, dass es mir wohl genau daran fehlt.

„Dieser Luuk Gerritsen hat jedenfalls irgendwo online geschrieben, dass die Ausstrahlung am allerwichtigsten ist", ruft Niamh, die in Sachen Sexappeal ganz sicher keine Probleme hat. Sie trägt an diesem Abend ein hautenges, goldenes Stretchkleid und dazu schenkelhohe Stiefel. Wie soll ich morgen gegen Mädchen wie sie bestehen?

Ich fühle, dass ich innerlich zu zittern beginne.

Verdammt, morgen werde ich Luuk endlich wiedersehen. Ob wir es wohl schaffen können, irgendwo für ein paar Minuten alleine zu sein? Ich werde auf jeden Fall so früh wie möglich auftauchen. Nun habe ich ihm doch geschrieben, dass meine Großmutter gestorben ist, und ich deshalb fix und fertig bin.

Pauli schiebt mir unterdessen ein Glas perlenden Sekt zu. „Ich glaub jedenfalls ganz fest an dich. Du schaffst das schon", sagt sie vertraulich. „Hab heute Nachmittag beim Einkaufen übrigens Oskar May getroffen."

Ich hebe überrascht den Kopf und merke gleichzeitig, dass sich der ungewohnte Cocktail in meinem Körper bereits bemerkbar macht. Der Raum um mich herum gerät ins Schwanken.

„Er ist ja wohl ziemlich mies drauf deinetwegen", fährt Pauli fort. Wieso hat Oskar mit Pauli gesprochen? Das war doch sonst nicht seine Art. Und was hat er ihr genau erzählt? Etwa von der Sache zwischen mir und Luuk, die ich ihm dummerweise an Chapeau Claques Todestag anvertraut habe? Ich fange an zu schwitzen. Oder vielleicht aus Wut über mich auch das andere? Das über *mich*? Kann das sein? Pauli jedenfalls mustert mich mit einer eigentümlichen Miene. Dabei tue ich doch nichts mehr. Rein gar nichts. Ich verbiete mir jedes noch so kleine Ritzen, auch wenn es mir verdammt schwerfällt.

„He, sing mal was, Eli!", grölt Jakob plötzlich, beugt sich über den Tisch und rüttelt auffordernd an meiner Schulter. Seine Hand ist warm und feucht. Gleichzeitig hat er sein Smartphone auf mich gerichtet. „Deine Stimme ist echt der Hammer! Hätte keiner von uns gedacht, was, Leute?"

Ich singe nicht, dafür verheddere ich mich in Ausreden und Ausflüchte.

„Spaßbremse!", regt sich Jakob auf und fummelt Sekunden später an einem rothaarigen Mädchen herum, das gerade an unseren Tisch gekommen ist.

Froh, dass er mich darüber vergisst, atme ich auf und trinke einen zweiten Cocktail. Und noch mehr Sekt.

„Was hat Oskar denn gesagt?", frage ich Pauli irgendwann möglichst nebensächlich. Es fällt mir schon nicht mehr ganz leicht, Worte zu artikulieren. In meinem Kopf ist dicker Nebel und meine Zunge liegt schwer wie Blei in meinem Mund. Wenn ich den Kopf zu schnell bewege, saust es in meinen Ohren.

„Dass er fertig mit den Nerven ist. So in der Art, halt."

Ich starre einen Moment in die Luft.

„Jahrelang wart ihr – so was wie beste Freunde, meinte er", fährt Pauli ganz harmlos fort. „Und jetzt sei irgendwie alles kaputt. Und das habe mit diesem Casting zu tun. Und daran sei auch noch ausgerechnet er schuld, weil er derjenige gewesen sei, der dich zu diesem – nun ja ... Mist überredet hätte."

Ich atme auf. Nichts von Luuk. Nichts von den Verletzungen, die ich mir selbst zufüge. Gott sei Dank nicht.

„Eli? He, sing mal *Dancing Queen*!", ruft Jakob mit betrunkener Stimme. „Da steh ich unheimlich drauf!" Er lacht laut. Das rothaarige Mädchen sitzt mittlerweile auf seinem Schoß und Jakobs Hände bewegen sich unter ihrem Shirt in Richtung ihrer Brüste. Es scheint sie nicht zu stören. „Und sag mal, bist du eigentlich noch unberührte Jungfrau? Wir schließen gerade Wetten drauf ab."

Alle lachen.

„Klar ist sie. Sie ist doch die *eiserne Jungfrau!*", ruft Niamh fast höhnisch. „Oder etwa nicht, Eli?"

Ich antworte nicht. Verdammt, ich gehöre nicht hierher. Ich denke an Signe, deren Asche eigentlich in der Nordsee hätte verstreut werden sollen, wogegen mein Vater sich aber vehement gesträubt hat.

„Sie wird ordentlich vergraben! Um Himmels willen, sie ist doch kein Staubsaugerbeutel, den man irgendwo ausleert! Dieses eine Mal wird sie sich meinem Willen beugen müssen!"

Ich denke an Oskar, der nicht mehr mit mir spricht. An Amara, die überhaupt nie mit mir spricht, und an meine Mutter, die völlig neben sich zu stehen scheint, seit ich diese Therapie machen muss.

Es läuft alles aus dem Ruder. Ich spüre eine Gänsehaut am ganzen Körper. Abrupt stehe ich auf.

„Was ist?", fragt Pauli und sieht zu mir hoch. „Musst du kotzen oder so?"

„Nein, ich muss nur – gehen. Es ist schon viel zu spät", murmele ich und spüre, wie betrunken ich bin. Verdammt! Und morgen ist dieser verflixte Recall. Warum habe ich mich nur hierzu überreden lassen? Ich sehne mich nach meinem Bett, aber fürchte mich gleichzeitig vor der Einsamkeit, die dort wartet.

„Ist echt alles okay?", fragt Pauli besorgt, als ich in die Jacke schlüpfe und in meinem aktuellen Zustand dazu mehrere Anläufe brauche.

Ich gebe keine Antwort. Was sollte ich sagen?

„Wir kommen morgen alle, Eli", ruft Carla. „Wir sind dein höchstpersönlicher Fanblock. Klar, oder? Wir werden die Hütte zum Explodieren bringen bei deinem Auftritt!"

Aber ich habe mal wieder keine Worte mehr. Mehr als

ein flüchtiges Nicken ist nicht drin, ich muss hier raus. Jetzt. Sofort.

Dieses Worteverlieren, das kenne ich schon seit Jahren. Wenn mir alles zu viel wird, kann ich nicht mehr sprechen. Einmal, vor ein paar Jahren, schenkte Oskar mir eine Tüte mit diesen bröseligen braunen Buchstabenkeksen. „Neue Buchstaben für neue Worte, wenn dein Kopf mal wieder leer ist", sagte er dazu und lächelte mich an.

11

Die Nacht, die folgt, wird die Hölle.

Mats und Joost begleiten mich schlussendlich nach Hause, nachdem Bernadette gerufen hat: „Scheiße, die ist ja völlig dicht! Na bravo, wie soll das denn morgen werden, wenn sie jetzt schon total durch ist?“

Was war denn jetzt ihr Problem? Cocktails, Sekt, die anderen haben ja alle noch viel mehr getrunken als ich. Und dazu eine Shisha nach der anderen geraucht.

Ach Mist, ich mache eben immer alles falsch. Das zieht sich wie ein roter Faden durch mein ganzes Leben. Geboren, um eine angeknackste Ehe zu retten, was nicht funktioniert hatte. Zu leise, zu schüchtern, immer ein beknackter Außenseiter. Dazu sehe ich Farben, wo andere Leute überhaupt nichts wahrnehmen, habe Angst vor tausend Dingen und bin immer, immer, immer irgendwie neben der Spur, egal wie viel Mühe ich mir auch gebe. Mit einem beklemmenden Gefühl denke ich an den unheimlichen Moment zurück, in dem Signe starb und ich ihre Stimme hörte, obwohl das unmöglich war.

„Geht's?“, fragt Joost unerwartet freundlich und zieht dabei ungeschickt an meinem Arm, um mir aufzuhelfen.

Die beiden Zwillingsbrüder wohnen im selben Viertel wie Oskar und ich, aber bisher hatte ich nie etwas mit ihnen zu tun.

„Komm schon, drunken Darling“, sagt Mats und zusammen bugsieren sie mich aus der Shisha-Bar wie ein ramponiertes Möbelstück.

Darling? Fünfhundert *Freunde*? Fanseite? *Fanblock*?

In meinem Kopf dreht sich alles.

Bushaltestelle, Bus, Einsteigen, Aussteigen. Das letzte Stück mit der Tram.

„Bullshit, ich glaube, die kotzt gleich!“, flucht Mats, als wir endlich meine Straße erreichen, und weicht einen Schritt zurück.

Ich wische mir hastig mit dem Ärmel über den Mund. Dabei habe ich mich nicht wirklich übergeben, aber ganz unrecht hat Mats dennoch nicht. Ich habe das unangenehme Gefühl, mein Magen unternimmt einige Anstrengungen, das eindeutige Zuviel an Alkohol in seinem Inneren nach und nach wieder loszuwerden. Es gurgelt unappetitlich in mir und ein paar Mal stoße ich sehr sauer auf.

„Na, dann, tschüss“, sagen die beiden deshalb wohl ziemlich hastig und schieben mich durch unser Gartentor. Mats wischt an seiner Jacke herum. Hat er etwas abbekommen?

Ich versuche mich zusammenzureißen, tief durchzuatmen und betrete unser dunkles, stilles Haus.

Meine Mutter ist noch auf. Du lieber Himmel, warum schläft sie nicht längst, wie ich es erwartet habe und wie sie es sonst um diese Uhrzeit tut?

„Du warst gerade mit Freunden unterwegs?“, fragt sie stattdessen, als ich hereinkomme, und ihre Stimme klingt überrascht. Hinter ihr auf dem Wohnzimmertisch liegen aufgeschlagen alte Familienfotoalben. Sie muss wohl Joosts und Mats' Schatten noch durch das Küchenfenster gesehen haben. Freut sie sich jetzt etwa? Ihr ewiges Sorgenkind scheint zum ersten Mal im *Normalmodus* zu funktionieren.

„Ich hatte mir schon Sorgen gemacht“, fährt sie aber fort, während sie rasch die Alben zuklappt und ins Regal zurückräumt. „Habe es bei Oskar versucht, aber er sagte, er habe leider keine Ahnung, wo du bist. Habt ihr beiden etwa Streit?“

Mein Handy hat ein paar Mal lautlos vibriert, während ich mit den anderen in der Shisha-Bar war, aber ich habe jedes Mal nur nachgesehen, ob es Luuk ist. Mas Anrufe ignorierte ich.

„Ich war nur mit ein paar Freundinnen unterwegs", sage ich leise zu ihr und wir sehen uns halb an und halb nicht an.

„Schön ...", gibt meine Mutter leicht widerstrebend zurück. „Aber du siehst reichlich erschöpft aus." Haha, was für eine Untertreibung. Ich fühle mich hundeelend. „Und morgen ist ja nun dein großer Tag."

Irgendetwas Unausgesprochenes schwingt in ihrer Stimme mit, aber warum? Klar, sie findet diese ganzen Castingsendungen eher mistig, das weiß ich, aber da scheint noch etwas anderes zu sein. Ich habe mich eigentlich schon abgewandt und will in mein Zimmer hinaufgehen, aber dieses *Etwas* lässt mich innehalten und umdrehen.

„Was?", frage ich misstrauisch und gehe bereits auf Abwehr.

„Ich ..." Ma zwirbelt etwas Unsichtbares zwischen Daumen und Zeigefinger, wie sie es oft tut, wenn sie nervös oder aufgeregt ist.

„Ja?"

Wieder sehen wir uns an. Was will sie von mir? Warum sieht sie so seltsam bedrückt aus?

„Es ist ... also ..." Wieder verstummt sie und wirft mir nur einen unsicheren Blick zu. Zum ersten Mal fällt mir auf, wie alt und müde sie aussieht. Müde, alt und irgendwie verzagt.

„Ich habe mir eben Sorgen gemacht", sagt sie schlussendlich. „Warum bist du nicht mal an dein Handy gegangen? Du hast dich verändert, Eli – seit Signes Tod. Ich weiß gar nicht mehr, woran ich bei dir bin." Ihre Stimme klingt plötzlich traurig. „Mir fehlt sie auch, ob du es glaubst oder nicht."

Darauf gebe ich keine Antwort. Ich muss an Signes Wunsch denken, dass man ihre Asche im Meer verstreuen möge.

„Lass deinen Vater das entscheiden, Eli! Er ist ihr Sohn und er hatte es zu ihren Lebzeiten nicht immer leicht mit ihr, verstehst du?" Aha, und darum muss er sie jetzt, wo sie tot ist und sich – endlich? – nicht mehr wehren kann, hintergehen, oder was?

„Sag mal, hast du etwa Alkohol getrunken, Elina?"

Mas Stimme klingt plötzlich nach einer anderen Art von Sorge. Sie kommt einen Schritt näher, um mich genauer in Augenschein zu nehmen. Verdammt, was soll das denn? Ich bin schließlich kein Kleinkind mehr. Was erwartet sie von mir? Dass ich bis zum Abitur jeden Abend brav und frisch gepampert ins Bett gehe?

Ich schweige gereizt, setze mich in Bewegung, um sie von mir abzuschütteln, betrete mein dunkles Zimmer und lasse die Tür laut hinter mir zufallen. Von unten höre ich immer noch Mas Stimme. „Ausgerechnet heute, wo du doch morgen ... Immerhin war die Sache deine Idee, Elina."

Ich höre weg.

I'm not a girl, not yet a woman ...

Ich bleibe den ganzen Rest dieser grässlichen Nacht wach. Komische Adrenalinstöße schießen durch meinen Körper. Das hatte ich schon früher und die Ärzte sagten, es sei nervlich bedingt, psychosomatisch, und nichts von Bedeutung.

Ich krieche mühsam unter meine Decke, schwer wie ein Stein, und kann mich kaum rühren.

Nicht nur der Song steht fest, auch was ich anziehen werde, ist in der Zwischenzeit beschlossen worden. Schwarzes Shirt, eine eng geschnittene Hüftjeans, Stiefel. Nichts davon gehört mir. Eine bekannte Modehauskette sponsert den Recall und hat uns ausstaffiert.

Elina Lawall, die Marionette? Fast fühlt es sich so an.

Aber mir ist alles egal, solange ich nur Luuk wiedersehen kann. Alles wird gut werden, wenn er nur endlich wieder bei mir ist.

Aber wird er bei mir sein? Ich erinnere mich an seine Worte, dass das, was da zwischen uns gelaufen ist, in der Sing Factory keinen etwas anginge.

Wie wird er mir morgen begegnen?

Ich spüre, dass ich gleichzeitig schwitze und friere.

Mein Mund ist völlig ausgetrocknet, meine Lippen rau wie Schmirgelpapier. Mein Dekolleté ist dafür klatschnass.

Wie ferngesteuert angele ich mir in der Dunkelheit mein Handy vom Nachttisch und tippe mich zu Facebook durch. Ausgerechnet als ich dort den Chat aktiviere, um eine neue Nachricht an Luuk zu schreiben, summt eine SMS über das kleine Display. Sie ist von Oskar. Oskar ist, wie ich, also noch wach? Es ist doch schon vier Uhr morgens.

Habe diesen Typ gegoogelt, Elina! Und könnte kotzen! Guck mal selbst nach! Du wirst dich wundern! Warum tust du dir den an? Und mir? Ach, SCHEISSE ALLES!!!

Die SMS verschwindet und wandert ins Nachrichtenpostfach, wo sie als *Ungeöffnet* warten wird. Mein Herz klopft heftig. Was will Oskar? Was soll das? Worüber soll ich mich wundern?

Ich verdränge Oskar und seine Worte aus meinem Kopf.

Luuk, ich liebe dich!, schreibe ich stattdessen. *Du fehlst mir! Bitte, bitte, gib mir morgen ein Zeichen! Ich halte es kaum noch aus ohne dich! Warum meldest du dich nie? Bitte, bitte, bitte melde dich!*

Ich drücke hastig auf *Enter.*

Und warte.

Nichts geschieht.

Luuk? Bitte ..., setze ich vorsichtig dazu. Mein Kopf ganz voll von den Momenten, die wir zusammen verbracht haben. Ich kann nur noch daran denken.

Ich warte weiter.

Nichts geschieht.

Er ist natürlich offline, kein grünes Licht leuchtet in meinem geöffneten Chat. Luuks Name taucht auch nicht unter den aktiven Chatnutzern auf. Dabei sind erstaunlich viele Leute online um diese Uhrzeit, aber obwohl sie mir angezeigt werden, weil sie in meiner Freundesliste stehen, kenne ich keinen einzigen von ihnen.

Vieruhrdreißig? Hastig tippe ich auf das Uhrfeld meines Smartphones und halte so die 4:30 fest. Wenigstens das – eine halbe Stunde *gute* Ziffern, die mich beruhigen können, wenn ich sie ansehe.

Luuk, Luuk, Luuk! Ich liebe, liebe, liebe dich!, schreiben meine zitternden Finger unterdessen längst weiter. Wieder und wieder. Ich kann einfach nicht aufhören damit, obwohl mein Verstand mich stoppen will. Denn das, was ich da tue, ist idiotisch. Spätestens morgen wird Luuk sehen, was ich geschrieben habe.

Schlaf mit mir!, tippen meine Fingerspitzen wie von selbst weiter. *Morgen irgendwann, ja?*

Ich setze eine endlose Kette *Bitte* dahinter.

Was tut Luuk wohl gerade? Schläft er? Oder liegt er

ebenso wach wie ich? Denkt er wenigstens an mich? Ist er in seinem Hotelzimmer?

Adrenalin schießt weiter durch mich hindurch, ich höre mich immer wieder wimmern. Jedes Geräusch von außen verursacht einen neuen Adrenalinstoß. Das Rascheln meiner Bettdecke. Ein klappernder Fensterladen. Das Rauschen der Bäume im Wind. Ständig fahre ich zusammen.

Die Zeit vergeht, während ich im Sekundentakt wegsacke, aufschrecke, wegsacke, aufschrecke. Mein Bett ist bald so schweißnass wie ich. Vor meinen Augen tanzen Lichtpunkte.

Als der Morgen endlich graut, sind meine Waden voller Einstiche. Dabei wollte ich das nicht. Aber es war unvermeidbar. Nichts anderes hat diese brutalen Adrenalinstöße durch meinen völlig erschöpften Körper stoppen können.

Am nächsten Morgen wird es zwar irgendwann hell, trotzdem bleibt es ein violetter Tag. Aber das alleine ist noch nichts Besonderes. Jeder Sonntag ist für mich violett. Violettes Tageslicht, das andere vielleicht als gelb oder golden – oder einfach hell beschreiben würden, flackert unruhig durch meine zugezogenen Rollos und lässt den Staub tanzen. Um zehn Uhr werde ich von einem Wagen des Fernsehsenders abgeholt. Dann muss ich fertig sein. So ist es vertraglich abgesprochen. Aufstehen, duschen, anziehen, notdürftig schminken, um nicht völlig fertig auszusehen.

„Elina“, sagt meine Mutter, als ich wie erschlagen nach unten tappe, und versucht, die Distanz zwischen uns kurzfristig zu ignorieren und mich in den Arm zu nehmen. Hat ihr das etwa die Therapeutin empfohlen, zu der sie mich jetzt zwingen zu gehen? Ich rieche Mas Parfüm, ihren Schweiß, den Duft unseres Biowaschmittels.

„Lass bitte“, sage ich abwehrend und weiche bis zur Küchenanrichte zurück. Bin ich nicht das Kind, auf dessen Stirn schon immer *ungeliebt* steht? Mal mehr und mal weniger sichtbar beziehungsweise unsichtbar?

„Elina, ich habe dich lieb. Das weißt du doch, oder?“, sagt meine Mutter unheimlicherweise gerade in diesem Moment. Kann sie seit Neuestem meine Gedanken lesen?

Ein beunruhigendes Gefühl. Ich beeile mich, schnellstmöglich aus dem Haus zu kommen.

„In Gedanken bin ich bei dir. Und wenn es nicht gut läuft, macht das nichts, okay? Denk immer dran, die Sache ist *nur ein Spaß*. Du musst keinem etwas beweisen, verstehst du?“

Die Stimme meiner Mutter bricht ab, als ich die Tür hinter mir ins Schloss krachen lasse.

Oh, Mann! Ein Trost ist, dass sie wenigstens nicht wird kommen können. Das Café hindert sie daran, wie es sie an fast allem hindert, was mit dem Leben abseits davon zu tun hat.

Diesmal ist es eine defekte Kühlanlage für die Torten, die streikt. Ihr Elektriker, der schwarz für Ma arbeitet, weil wir finanziell immer etwas klamm sind, kommt nur sonntags, weil er unter der Woche keine Zeit für Nebenherarbeiten hat.

So ist es immer gewesen. Zuerst Amara, dann das Café, dann, wenn überhaupt, ich.

Der Britney Spears-Song. Ein Auto, das superpünktlich vor mir bremst. Unruhige Wolken am Himmel. Klappende Autotüren. Ein Blitz ...

Ein Blitz?

„Was war das denn?“, höre ich mich fragen, als der Wagen eilig wieder losfährt.
„Ein Reporter“, antwortet jemand im Auto.
„Reporter?“, frage ich und spüre mich überhaupt nicht mehr vor Angst.
Aber Signe schafft es schließlich, durch das, was noch übrig ist von mir, zu schweben wie Fäden weißer Rauch ... Der Moment, als ich sie besucht habe, an dem Tag, als ich mich entscheiden musste, ob ich bei dieser Castingshow mitmachen würde oder nicht. Der Moment, als Signe und ich in ihrem Lebezimmer standen und ich durch das bunte Jugendstilfenster hinaus ins Licht gesehen habe.
„Du kannst wunderschön singen“, hat Signe an diesem Tag gesagt und mir zugehört, wie ich *Will you still love me tomorrow* gesungen habe.
„Ich glaube, ich versuche es“, habe ich geantwortet.
Wer hätte ahnen können, dass sie bereits tot sein würde, ehe das echte Casting überhaupt stattfand?
Ich wimmere leise, fast tonlos und hoffe, dass keiner es mitbekommt. Warum habe ich meine Geräusche nicht im Griff wie andere Menschen?
Immer noch hängen meine Gedanken bei Signe fest. Jetzt ist ihr dünner, toter Körper gegen ihren Willen auf dem städtischen Friedhof begraben unter einer Zentnerlast nasser, schwerer Erde. Was nützt es, dass sie nicht, wie meine andere Großmutter, wochenlang in ihrer Wohnung unentdeckt vor sich hin verwest war, um zu einem aufgeplatzten Sandwich zu werden? Spätestens jetzt verweste sie, genau –, wie meine andere Großmutter. Nur dass bequemerweise keiner dabei zusehen musste. Dennoch fraßen sich Würmer und Maden und Käfer längst gierig quer durch sie hindurch – Gesicht, Brust, Bauch, Beine –, gruben sich dort ihre Wege, legten Eier in ihr ab,

und schufen auf diese Weise inmitten von Signe, die mal eine fröhliche, schöne, blond gelockte Hausbesetzerin in Berlin gewesen war, ein Biotop aus neuen und immer neuen Würmern, Maden und Käfern, die ebenfalls nur dazu geschaffen waren, sie auszulöschen, die an Signe nagen werden, bis nichts mehr von ihr übrig sein würde außer ein paar losen, abgenagten, bleichen Knochen.

„Alles in Ordnung?“, fragt dieselbe Stimme, die auch „Ein Reporter“ gesagt hat.

„Ja“, lüge ich leise.

Dann sind wir da und der Wagen taucht mit der Schnauze in ein dunkles Parkhaus. Der tröstliche Geruch von Benzin und Abgasen, den ich schon seit Kindertagen liebe, hüllt mich sekundenlang ein. Ich atme tiefer als vorher im Wagen. Ich habe das Gefühl, kaum noch Luft in mir zu haben.

Lift, Korridore, ein Labyrinth aus Nervosität.

„Elina Lawall und Maja Kowalski – die beiden aus Neustadt“, sagt die Frau, die uns vorantreibt, eilig zu irgendjemandem. Wir sind hintereinander aus dem Wagen gestiegen und werden, nach einem kurzen Blick auf ihre Unterlagen, augenblicklich weitergeschoben.

„Schnell, schnell, Mädels. Keine Zeit zum Rumtrödeln. Nehmt mal die Beine in die Hand, okay?“

„Hast du auch Schiss?“, fragt Maja Sowieso, die ich erst jetzt wie durch eine Nebelwand hindurch richtig wahrnehme. Nachdem sie hinzugestiegen ist, hat sie im Auto nahezu reglos neben mir gesessen und die ganze Zeit auf ihr Smartphone gestarrt. Jetzt klingt sie so kurzatmig, wie ich mich fühle.

Ich nicke.

Garderobe, umziehen, Maske. Hastig fährt ein ziemlich harter Pinsel über mein kaltes Gesicht. Die Frau, die ihn führt, beachtet mich keine Sekunde. Stattdessen diskutiert sie mit jemandem außerhalb meines Sichtfeldes über Schminktechniken. „Dieses Make-up ist echt das Letzte. Die sparen hier aber auch an allem! Wie soll man denn damit einigermaßen gute Ergebnisse erzielen?“ Sie flucht leise und verteilt eine weitere Schicht von cremigem Hellen in meinem Gesicht. „Siehst du diese Augenränder? Die kriegt man mit dem normalen Concealer überhaupt nicht weg. Da musst du echt pinseln wie Picasso. Am besten in direkter Kombi mit dieser Abdeckcreme. Und dazu dieses Abdeckpuder.“ Puder stäubt um mich herum wie eine beige Wolke. Ich muss husten. Die Frau merkt es nicht mal. Sie arbeitet rasend schnell. Make-up, Lidschatten, Mascara, Eyeliner, Lipgloss.

„Will jemand was trinken? Coke? Bionade? Wasser?“ Ein Typ schaut zur Tür herein. Ich fahre zusammen, weil ich für eine Sekunde geglaubt habe, es sei womöglich Luuk.

„Nein“, hauche ich. Er ist es nicht.

„Ja, gerne – Cola! Du bist mein Retter, echt!“, ruft Maja neben mir erfreut, streckt den Arm nach hinten aus und wackelt kokett mit den Fingern. Wo ist ihre Nervosität geblieben?

Sekunden später schluckt sie geräuschvoll kalte Cola und erzählt, dass sie *Everything at once* von Lenka singen wird.

„Ich liebe diesen Song einfach“, verrät sie und lächelt mir – verschwörerisch? – zu. „Und ich habe total viele Leute mitgebracht. Du auch?“

Ich?

Ich?

Ich?

Keine Ahnung.

Wer bin ich?

Ich habe das Gefühl, mich jeden Moment weiter aufzulösen.

Aber da – genau da passiert es.

Er.

Ist.

Da.

Er schaut zur Tür herein, hält sich dabei lässig mit den Händen am Türrahmen fest und wippt auf den Fersen hin und her.

„Hi, Luuk", sagt die Frau, die mich eben noch geschminkt hat, und lässt den Schminkstift sinken. „Was gibt's, du Smartie?" Sie lacht leise.

In meinem Kopf braust es. Vor meinen Augen tanzen helle Sterne.

Luuk ist so silbern wie ich ihn in Erinnerung habe und ich kann sein Aftershave riechen. Ich sitze wie erstarrt, spüre plötzlich jede Zelle an und in mir.

Da ist er. Da ist er. Da ist er.

„Seid ihr fertig?", fragt Luuk und seine Stimme geht mir durch und durch. Auch Maja hat sich neben mir umgedreht und sieht ihn an. Das nehme ich wahr, obwohl ich eigentlich gar nichts wahrnehme. Nur ihn.

Er macht, dass ich mich spüre.

Kitschigerweise denke ich für den Bruchteil einer Sekunde an früher, als Signe mir, da war ich noch richtig klein, einmal das Märchen von Dornröschen erzählt hatte. Dornröschen war eine Prinzessin, die hundert Jahre geschlafen hatte, bis endlich ein Prinz kam und sie aufweckte und ins Leben zurückholte.

„Erzähl noch mal. Noch mal. Noch mal", bettelte ich

Signe damals tagelang an, weil ich die Geschichte immer und immer wieder hören wollte.

Genauso war es mit Luuk und mir. Er hatte mich aus einem tiefen Schlaf geweckt – aus einem eigenartigen Schlaf. Aus dem Nichtspüren-Schlaf.

„Ja, im Moment fertig geworden", sagt die Frau hinter meinem Rücken, dreht die Schminktöpfe zu und verstaut Pinsel, Stifte und Wattepads. „Los, gib mal dein Expertenurteil." Sie zeigt zuerst auf Maja und dann auf mich.

Luuks Blick allerdings begegnet zuerst meinem – ich halte die Luft an – und gleitet dann zu Maja.

„Passabel", bemerkt er grinsend. Mehr nicht. Dann deutet er auf den Gang hinaus. „Aber ich muss schon wieder flitzen, Süße. Du weißt ja, ich bin der Immer-zu-spät-Kommer."

Er macht eine vielsagende Geste. Wieder lacht die Frau, die mich eben geschminkt hat, und die er gerade Süße genannt hat.

Ich fühle mich benommen.

Ich höre seine Schritte draußen im Gang.

„M...Moment, bitte", stottere ich da und springe auf.

„He, pass doch auf!", ruft die Frau von der Maske ungehalten. Ich höre, wie hinter mir etwas zu Boden fällt. Ich glaube sogar, das Klirren von zerspringendem Glas zu hören, aber ich drehe mich nicht um.

„Was hat sie nur?"

Auch diese Worte kann ich nur noch erahnen, denn ich bin längst draußen. Ich sehe Luuks Rücken hinter einer Korridorbiegung verschwinden.

„Luuk ...", rufe ich. „Luuk ..."

Meine Stimme klingt verzweifelt. Aber ich kann nicht anders. Ich stolpere auf Luuk zu wie eine Ertrinkende.

„Oh, hi. Da bist du ja schon wieder." Er hat sich überrascht umgedreht und bleibt jetzt stehen. „Was ist los? Ist etwas nicht in Ordnung?"

Er mustert mich verwirrt aus seinen hellen Augen.

„Luuk ...", flüstere ich bebend und stehe mit hängenden Armen vor ihm.

„Ja? Was hast du denn? Du, ich habe eigentlich überhaupt keine Zeit."

Er wirft einen Blick auf sein Handy und seufzt. „Verdammt, das alte Problem. Ich sollte längst oben bei den anderen sein. Pünktlich sein ist echt nicht meins."

Er flucht leise, aber um seinen Mund spielt dabei ein winziges Lächeln. „Und du musst gleich in die Lobby runter zu den anderen. Hast du denn keinen Ablaufplan bekommen?"

„Was? Nein. Doch ... Ich weiß nicht ... Hast *du* denn meine Nachrichten nicht bekommen?"

„Nachrichten?"

Luuk zieht eine Augenbraue nach oben.

„Ja."

Ich halte mich an meinen Worten fest wie an einem Anker.

„Nein, ich glaube nicht."

Wir sehen uns an.

„Guck nicht so aufgeregt", sagt Luuk mit einem kleinen, schiefen Lächeln, das plötzlich in seinem Gesicht auftaucht.

„Ich ...", beginne ich, weiß aber nicht weiter.

„Wir sehen uns nachher bei deinem Auftritt, okay?"

Luuk macht Anstalten davonzugehen.

„Hast du nicht jetzt noch etwas Zeit?"

Meine Stimme klingt dünn und voller Panik.

„Nein, leider nicht."

Er hebt entschuldigend die Schultern, dreht dann auf dem Absatz um und eilt weiter.

„*Verhalten bei Feuer*" – ein laminierter Informationszettel ist mit goldfarbenen Reißzwecken an einer provisorischen Pinnwand befestigt.

Sehr, sehr langsam ziehe ich einen Reißzweck aus der Wand und gehe so leise wie möglich zu den Toiletten.

In einer der engen Kabinen schiebe ich meine Pulliärmel nach oben und beiße die Zähne zusammen.

12

Ich habe die Startnummer sechsundzwanzig.

„Wahnsinn, guck mal!“, flüstert Maja und hält mir ihren Startzettel vors Gesicht. „Siehst du’s? Siebenundzwanzig! Wahnsinn, oder? Wir sind direkt hintereinander dran! Wow!“

Sie umarmt mich und hüllt mich in ihr Jil-Sander-Sun, aber ich kann nicht reagieren, bin völlig starr.

„Sie mal, mein Maskottchen“, fährt Maja fort und zieht eine kleine, abgenutzte Plastik-Biene-Maja aus der Hosentasche. „Hat nur noch einen Flügel, aber egal! Hab ich zur Geburt von meinem Vater bekommen. Er ist schon lange weg, neue Frau, neue Kinder, so halt, aber die Biene Maja hat ihn überlebt. Ich gehe jedenfalls nie ohne sie aus dem Haus. Hey, für das Ding würde ich morden! Hast du deinen Vater noch parat? Ich habe neulich ausgerechnet, dass ich kaum noch Leute aus meinem Freundeskreis kenne, die ihre biologischen Erzeuger noch bei sich haben. Scheiß Scheidungsgesellschaft, was? Meine Mutter jedenfalls ist voll das Scheidungsopfer! Sie trinkt. Also manchmal. Gerade jetzt sitzt sie allerdings dahinten mit meinen Großeltern und meinem Bruder. Siehst du sie?“

Maja redet ohne Punkt und Komma, aber ich bekomme kaum etwas mit. Ich achte nur auf Luuk, der hinter dem Jurypodium sitzt.

„Dieser Luuk Gerritsen ist süß, was?“, fährt Maja fort, weil sie meinem Blick gefolgt ist. „Voll der Sahnehintern.“ Ihre Worte klingen dumpf, als würde ich sie unter Wasser hören. Sie berührt für einen Moment meine Hand und ich zucke zusammen.

„He, du hast ja Eisfinger.“

Luuk sagt gerade mit einem breiten Lächeln „Bei deiner

Stimme bekommt man ja Gänsehaut" zu einer anderen Kandidatin und zwinkert ihr zu, während er sie mit Höchstnote bewertet. Das Mädchen lächelt glücklich, winkt ins Publikum und ruft: „Ich danke euch!"

Ihre Fans johlen. Ein Gedanke schießt mir durch den Kopf. Wo sind eigentlich Bernadette, Carla und die anderen? Ich habe bisher keinen von ihnen gesehen, aber ich habe mich in Halle 1, wo die Aufnahmen stattfinden, auch noch nicht wirklich umgesehen.

Meine Arme tun weh, mein Kopf dröhnt, meine Augen brennen. Nach zwanzig Auftritten wird eine Pause gemacht. Die Scheinwerfer produzieren eine Riesenhitze und der Raum ist in Wirklichkeit viel kleiner als er im Fernsehen wirkt. Überall stehen eingeschaltete Kameras, über den ganzen Studioboden winden sich Kabel wie Schlangen.

„Kameras und Paparazzi", sagt Maja zufrieden. Wir sitzen wieder im Wartebereich zwischen Halle 1 und 2 auf grauen breiten Sofas. Auf den Tischen stehen Cola, Bionade, Wasser. Dazu Pistazien, Erdnüsse und M&M's. Um uns herum sind überall Menschen. Drei Mädchen und ein Typ werden gerade interviewt und sind von Kameras umringt.

Ich schaue mich unruhig um. Der Raum scheint zu schwanken und mal größer und mal kleiner zu werden. Ich bin wahnsinnig müde und erschöpft, und dabei bin ich noch nicht einmal aufgetreten.

I'm not a girl, not yet a woman.

Und dann ...

... sehe ich ihn. Zusammen mit einem anderen Mädchen durchquert er den hinteren Teil der Kandidatenlobby. Sie gehen dicht nebeneinander, stecken die Köpfe zusammen und reden leise. Einmal lacht das Mädchen auf und knufft spielerisch in Luuks Seite. Dann verschwinden sie durch eine Schwingtür. Wohin führt sie? Wohin geht Luuk mit diesem Mädchen? Und warum? Die Pause wird in ein paar Minuten zu Ende sein – allerdings ... Auch bei uns kam er damals zu spät aus der Pause zurück. Aber das war etwas anderes. Heute geht es um alles. Die Auftritte beim Recall werden im Fernsehen übertragen – ich darf gar nicht daran denken – ich darf an überhaupt nichts denken. Wie ferngesteuert erhebe ich mich.

„Wo willst du hin? Pissen?“, fragt Maja. „Ich muss auch dauernd. Ist der Stress. Willst du was zum Runterkommen? Ich habe voll die guten Pillen dagegen. Sind von meiner Mutter. Gegen Angst und für gute Laune.“

Ich gebe keine Antwort. Stattdessen steuere ich robotergleich auf die Tür zu, durch die Luuk und das fremde Mädchen verschwunden sind. Mit zitternden Händen schiebe ich sie auf, jede Bewegung ist Schwerstarbeit. Ich bin nicht ich selbst in diesen Sekunden. Es ist, als läse ich ein Buch über mich. Oder als sähe ich mich aus weiter Ferne auf einer Leinwand. Als ginge dort eine ferngesteuerte Puppe. Nicht ich. Ich bin weg. Ausgelöscht. Nicht da.

Ich kenne diese surrealen Augenblicke. Bin ich das? Bin das ich? Ist es normal, was ich tue? Lippen bewegen, um zu sprechen. Töne erzeugen. Sehen, wie die eigenen Beine am eigenen Rumpf rotieren, was „laufen“ bedeutet. Laufen? Ist das ein reales Wort? Laufen? Laufen. Laufen. Laufen. Laufenlaufenlaufenlaufenlaufenlaufenlaufenlaufen. Das Wort ergibt doch gar keinen Sinn. Es sind zischende Laute, die alles bedeuten können. Ebenso wie das Wort *Halle.*

Halle 1.

Halleeinshalleeinshalleeinshalleeinshalleeins.

Ich spüre diesen Angstwahnsinn in mir, genau in dem

Moment, als ich gegen – ihn pralle. Er biegt eben um eine Ecke und kommt mir direkt entgegen.

„He!?"

Luuk starrt mich entgeistert an und schiebt mich von sich. „Was machst du denn hier? Warum bist du nicht …?" Er hält inne und runzelt die Stirn. „Sag mal, ist alles klar mit dir?"

„Luuk", höre ich meine Stimme – *eine Stimme* flüstern. Bin das ich? Wirklich ich? Und er? Habe ich ihn gefunden? Wo ist das Mädchen, mit dem er eben noch unterwegs war?

„Wo ist das Mädchen?", flüstert Elina, also ich.

„Mädchen? Welches Mädchen?", fragt Luuk und seine Stimme klingt zerstreut. Oder gestreut? Gestreut? Wie Asche? Oder wie eine Krankheit? Oder Salz, wenn es draußen glatt ist.

In meinem Kopf ist Chaos.

Ich schweige.

„Ach, du meinst diese Praktikantin."

Luuk deutet vage den Gang hinunter und zuckt mit den Schultern. „Ich habe ihr nur den Weg zu den Ü-Wagen gezeigt."

Seine Worte branden und brechen wie Wellen in meinen Ohren und ein Teil von mir will lachen und etwas Harmloses sagen. Eine harmlose Erklärung darüber abgeben, warum ich ihm hierher gefolgt bin, aber ein anderer Teil von mir, über den ich keine Kontrolle habe, schnappt nach Luft, wieder und wieder, und versucht, Luuk mitzuteilen, wie verzweifelt ich bin.

„Ich habe jetzt absolut keine Zeit, okay?", sagt Luuk in diesem Moment ungeduldig. „Wir sehen uns ja sowieso gleich. Hoffe, du machst deine Sache gut!"

Er wedelt auffordernd mit den Armen und bringt Distanz zwischen uns. Seine gelben, brandneu aussehenden Sneakers quietschen auf dem grau gesprenkelten Linoleumboden.

Ich spüre, wie sich meine Brust zusammenzieht.

„Luuk, bitte", hauche ich und versuche, ihn festzuhalten. Irgendwie. Aber meine Arme sind schwer wie Blei.

„He, was meinst du eigentlich? Was soll dein ‚Luuk, bitte'?"

Er sieht mich an und runzelt die Stirn.

„Weißt du noch dein H...Hotelkoller ...? Der Abend? Als du mir geschrieben hast? Das Wehr? Im Auto?"

Die Worte sprudeln wirr aus mir heraus und ich weiß, dass ich es falsch anfange, aber ich kann nicht anders.

„Ja, klar", unterbricht Luuk mich rasch. „Klar weiß ich das noch."

Seine Stirn ist immer noch gerunzelt. Ich versinke in seinem holprigen niederländischen Akzent und starre auf seine Hände, sein Gesicht, seinen Mund. Ich denke an seine drängenden Küsse, an seine Hände, die mich berührt haben. In seiner Garderobe beim ersten Casting, und in seinem Wagen am Wehr in der Nacht. Ich denke an die wahnsinnigen Momente, in denen er in mich eingedrungen ist. Sein hastiges Atmen. Sein Aufstöhnen. Die Nähe zwischen uns, die von ihm ausging. Ich habe ihm in diesen Augenblicken etwas bedeutet. Da ist etwas. Etwas zwischen uns. Uns verbindet etwas.

„Luuk", sage ich noch einmal, leise und bittend. Wir stehen jetzt direkt voreinander, ich kann seinen Atem wieder spüren. Oder bilde ich mir das nur ein? Ich sehe, wie er nach Worten sucht. Wie er kurz lächelt und die Mundwinkel dann wieder fallen lässt. Wie er sich durch die Haare fährt und die Hände anschließend wieder sinken lässt.

„Du weißt doch, was ich dir gesagt habe, oder?“, sagt er dann leise. Ein Lächeln? Kein Lächeln? Ein kleines, flüchtiges Lächeln. Ich atme auf, während er weiterspricht. „He, die Sache zwischen uns geht hier keinen was an. Das hatten wir doch vereinbart, oder?“

Ich nicke. *Die Sache zwischen uns.*

„Okay, braves Mädchen.“ Jetzt wird sein Lächeln wieder breiter. Ich sehe die Sommersprossen unter seinen hellen Augen.

Ein Gong hallt durch den Korridor. Und dann ein zweiter und ein dritter. Er hallt laut in meinem Kopf wider und ich zucke zusammen.

Luuk schenkt mir ein weiteres Lächeln. „Ich muss los. Pause vorbei. Auf in den Kampf, was?“

Er winkt mir noch einmal zu, murmelt so was wie „Toi, toi, toi“ und trabt davon. Mir fällt auf, dass er im Laufen ganz leicht den Kopf schüttelt, warum auch immer, dann verschwindet er hinter einer Tür. Die Luft im Gang riecht noch nach seinem Aftershave – und meiner Nervosität. Ich bin völlig durchgeschwitzt.

„Was ist denn mit dir los? Was hat dich denn hierher verschlagen? Warum bist du nicht in Halle 2 bei den anderen?“, fragt in diesem Augenblick eine ältere Frau, die zum Fernsehsender gehört und aus einer, bis eben unsichtbaren, Tür auf den Gang getreten ist. Sie trägt ein Namensschild mit dem entsprechenden Logo und hat raspelkurze, blondierte Haare.

„Ich ... ich ...“ Weiter komme ich nicht, denn schon hat die Frau einen kurzen Blick auf meine Startnummer geworfen, die mir auf dem Shirt klebt. „Oh, da bleibt ja nicht mehr viel Zeit. Komm mit. Du siehst ja – entschuldige meine Offenheit – arg mitgenommen aus. Ist dir vielleicht schlecht geworden? So was kommt schon mal vor. Und die Luft in diesen Hallen lässt ja auch wirklich zu wünschen übrig."

Augenblicke später sitze ich wieder in der Maske und werde nachgeschminkt. Diesmal ist die Frau, die mein Gesicht bearbeitet, freundlicher.

„Ich heiße Sharon", sagt sie, während sie mich neu abpudert und mit schnellen, geübten Strichen meinen Lidstrich nachzieht. „Hast du solche Panik? Du schwitzt ja ziemlich. Was wirst du singen?"

Ich beantworte ihre Frage.

„Ist doch ein Supersong", fährt sie freundlich fort. Sie summt ihn an. „Das packst du bestimmt. Ich wette, du wirst besser sein als Britney Spears. Ich drück dir jedenfalls die Daumen."

Sie lächelt mich im Spiegel an. „Wer zum Nachschminken geschickt wird, kommt weiter. Hundertpro. Ist ein Erfahrungswert." Sie lacht. „Sharons Weisheit des Tages."

Plötzlich fixiert sie mich genauer. Im Spiegel erkenne ich in einem Sekundenbruchteil, worauf sie ihren Blick gerichtet hat. Die engen Ärmel meines schwarzen Shirts sind hochgerutscht und haben meine Unterarme freigelegt.

Hastig ziehe ich die Ärmel nach unten und umklammere die Bündchen mit meinen kalten Fingerspitzen.

Sharon lächelt mir zu. Und ohne ein Wort zu sagen, schiebt sie ihre eigenen Hemdsärmel nach oben.

„Ich tu's schon seit zehn Jahren", sagt sie leise. Dann umarmt sie mich rasch, ehe ihr zurechtgeschminktes Gesicht sich wieder verschließt und sie leise „Viel Glück" sagt und mich aus der Garderobe schiebt.

13

Es bleibt kaum noch Zeit.

„Verdammt, ich bepiesel mich gleich“, jammert Maja, als ich zurückkomme. „Wo warst du denn bloß? Eben war hier so ein süßer Typ, der mich für RTL interviewt hat. Er sagte, ich sei seine Favoritin! Ist das nicht Wahnsinn?“

Majas Gesicht glüht. „He, ich hab übrigens schon drei von den Pillen meiner Mom genommen. Ansonsten wäre ich hier vermutlich tot umgefallen, oder so.“

Sie wirft mir einen prüfenden Blick zu und greift dann entschlossen in die Tasche ihrer engen Jeans. „Los, zwei hab ich noch. Hau rein. Oder willst du's vermasseln, wenn du gleich dran bist? Du siehst halb tot vor Panik aus. Das ist nicht sehr kamerawirksam, wenn du mich fragst.“

„Super! Super! Super!“, ruft Luuks Stimme gerade durch die Hallenmikrofone, nachdem die dreiundzwanzigste Kandidatin gesungen hat. Seine Stimme durchdringt Mark und Bein. Ich spüre alle Härchen an meinem Körper. Und mein Herz klopft von innen wie ein Vorschlaghammer gegen meinen Brustkorb. Ich merke, dass mir schwummrig wird.

„Los“, flüstert Maja und streichelt sekundenlang beruhigend meinen Rücken. Die Pillen sind rosa und warm von Majas Händen. „Einfach runter damit. Mach schon. Und jetzt Cola hinterher, damit sie dir nicht im Hals stecken bleiben.“

Maja lächelt mir zu. „Da, da ist er wieder!“, flüstert sie dann und kneift mich aufgeregt in die Seite. Ich fahre vor Schmerz und Schreck zusammen und drehe mich um. *Wer ist da? Luuk?* Nein, Blödsinn, Luuk sitzt schließlich oben auf der Bühne, lässig mit hinter dem Kopf gekreuzten Armen, zwischen den anderen beiden Juroren, und lauscht in diesem Moment dem vierundzwanzigsten Kandidaten, der sein Lied zum Besten gibt. Seine Füße wippen im Takt der Musik.

„Der süße RTL-Fuzzi", haucht Maja und lächelt ihm entgegen. Aber diesmal hat er mich im Visier, wie es scheint.

„Na, Elia? Gleich geht's für dich um alles, was?", fragt er nämlich und zwinkert mir zu.

Ich nicke stumm. Warum bloß können sich die Leute meinen Namen nicht merken? Es ist nach wie vor ein schreckliches und beängstigendes Gefühl, im direkten Fokus einer Kamera zu stehen. Ich spüre, wie mein Nacken sich verspannt. Wie soll ich gucken? Wie liegen meine Haare? Und wie war das noch mal, als Amara vor Jahren mal zu Maria sagte: „Die hat so ein Mondgesicht. Besonders hübsch ist sie wirklich nicht!"

„Was denkst du in diesem Moment, Elia? Magst du das deinen Fans verraten?"

Ich kann dem grinsenden RTL-Reporter absolut nichts abgewinnen. Maja dagegen klebt an meiner Seite, und ich höre ihr aufgeregtes Atmen.

„Ich ... ich ...", beginne ich fahrig, aber weiter komme ich nicht.

„Bist du bereit, Elina?", ruft nämlich Kerstin, meine Casting-Betreuerin, in diesem Augenblick mit gedämpfter Stimme und läuft zu uns herüber.

„Was?"

Ich drehe mich um und habe das schreckliche Gefühl, von allen Seiten umzingelt zu werden.

Sie lächelt mir aufmunternd zu. „Auf geht's. Du bist gleich dran."

„Viel Glück", flüstert Maja und kneift mich ein zweites Mal. „Wird schon! Nur nicht in Panik geraten, okay?"

Ich kann nichts antworten und noch nicht einmal nicken.

„Da geht sie hin", ist das Letzte, was ich von dem RTL-Reporter höre, ehe ich an den Rand der Bühne gelange.

Da höre ich es auch schon.

„Eli! Eli! Eli!"

„Deine Fans", sagt Kerstin lächelnd und gleichzeitig ertönt auch schon meine Ankündigung aus den Lautsprechern in der Halle. Außerdem erscheint mein Gesicht riesengroß aus zwei Perspektiven an den beiden Leinwänden links und rechts der Halle. Ich zucke zusammen und versuche, wegzusehen, was aber nicht möglich ist. Ein Kameramann läuft direkt neben mir, ein anderer filmt mich von der gegenüberliegenden Seite über die Zuschauerreihen hinweg.

„Lächle mal", rät mir der Kameramann neben mir. „Kommt besser, glaub mir."

„Eli! Eli! Eli!"

Elielielielieli.

Die drei Juroren lächeln mir freundlich zu, als ich ihnen zitternd entgegentrete.

Du kannst sehr schön singen. Das sollen ruhig alle hören, hat Signe gesagt. Sehnsucht nach meiner weißen Großmutter überflutet mich.

„Viel Glück", flüstert Kerstin.

Elielielielielieli.

„Eli? Wirst du so genannt?"

Es ist ausgerechnet Luuk, der das Wort an mich richtet.

Ich starre ihn an.

„Okay, *Eli*!" Er lacht und es kommt aus allen Lautsprechern.

„Oder besser gesagt: Elina!"

Wieder lächelt er.

Mein Name aus seinem Mund.

Mir fällt ein, dass er vorhin auf dem Gang kein einziges Mal meinen Namen ausgesprochen hat. Umso schöner klingt es jetzt. *Elina* ... Ich lächele ihn an.

Plötzlich wird mir eigenartig zumute. Ob das an den Pillen liegt, die Maja mir gegeben hat?

„Elina – nun sag mal, wie geht es dir heute?"

„Gut", sage ich. Es ist, als hätte jemand etwas von mir abgeschnitten. Mein Herz klopft holperig, das fühle ich, aber abgesehen davon bin ich ohne Emotion. Und trotzdem ich. Es ist ein Wahnsinnsgefühl. Endlich ich. So in etwa wenigstens.

„Dreh dich doch mal zu deinen Fans um."

Luuks Fernsehstimme hört sich anders an als seine normale Stimme.

Gehorsam drehe ich mich um. Und, ja, da waren sie alle. Bernadette, Carla, Niamh, Janina, Suna, Mats, Joost, Pauli und noch eine Menge anderer, die ich vom Sehen aus meinen Kursen und dem Schulhof kenne. Außerdem entdecke ich Selma und Dilara. Und dann – am Rand des Publikums neben einer beleuchteten Notausgangstür steht – Oskar.

Da ist er, lehnt an der Wand, und sieht mich an. Seine Haare sind länger und lockiger und noch heller, als ich sie in Erinnerung habe. Womöglich sieht er auch noch dünner aus als sonst. Sein Gesicht ist blass, soweit ich das von hier aus erkennen kann. Und statt der gewohnten Jeansjacke trägt er, wenn mich meine Augen nicht täuschen, einen sehr grünen, uralt aussehenden Samtmantel? Er starrt mich unverwandt an und hebt sich immer mehr von der Masse ab. Ich drehe mich rasch zurück zu Luuk und den beiden anderen Juroren.

Was hat der Reporter gesagt? *Jetzt geht es um alles.*

„Wie alt bist du noch mal?“
„Sechzehn.“
„Und hier aus Neustadt?“
Ich nicke.
„Ist deine Familie heute auch da?“
„Leider nein.“
Ich denke an Ma, die jetzt in ihrem Café bei ihrer maroden Kühlanlage ist, an meinen Vater, der sich sonst wo herumtreibt und mich, wie es scheint, vergessen hat, und an Amara, die mich nicht leiden kann und sich alle Mühe gibt, mir aus dem Weg zu gehen.
Sprich mit Amara, sagte Signe dennoch zu mir, bevor sie starb. Nein, halt, hat sie natürlich *nicht* gesagt! Sie starb, ohne noch einmal aufzuwachen. So haben die Ärzte es meinem Vater erklärt. Das bescheinigt auch die Unsinnigkeit der Idee, mit Amara zu sprechen. Worüber sollten wir reden? Es gibt nichts zwischen uns, höchstens die eine Frage, die ich ihr stellen, die ich ihr ins Gesicht schreien könnte: *Warum magst du mich so wenig? Warum bin ich dir so zuwider?*
„Äh, Elina?“
Luuk schaut mich mit hochgezogener Augenbraue an.
„Was?“
Ich fahre zusammen. Oder zumindest fühlt es sich am ehesten wie *zusammenfahren* an. Ich war in einer eigenartigen Verfassung. Irgendwie glasklar, wie abgehoben. Unantastbar. Unberührbar.
„Können wir dann?“, hakt Michelle, die einzig weibliche Jurorin behutsam nach. „Ich meine, bist du okay? Du bist ein bisschen blass um die Nase.“
Sie lacht freundlich und das Publikum macht es ihr nach. Irgendwer schreit laut Buh, aber Kerstin hat uns eingeschärft, uns davon nicht aus der Ruhe bringen zu

lassen. Von irgendwo kommen immer Buhrufe, hat sie gesagt.

Ich nicke hastig, reiße mich zusammen, und Clark spielt ein kleines Intro, wie er es mir versprochen hatte. Ich atme tief durch und hole meine Stimme dort ab, wo sie war. Genau so wie er es mir bei der Probe gezeigt hatte. Clark lächelt mir zu und ich lächle leicht entrückt zurück.

Ich singe die erste Strophe, soweit ganz gut. Nur das *Yeah* misslingt. Ganz eindeutig. Egal.

Warum ist Oskar gekommen? Ich versuche, nicht in seine Richtung zu sehen. Verdammt, immerhin hatte er diese ganze Castingsache ins Rollen gebracht, damals vor gefühlten hundert Jahren, als Signe noch am Leben war und ich jederzeit bei ihr unterschlüpfen konnte.

Wieder ruft jemand Buh. Ist es dieselbe Stimme wie zuvor?

Ich stehe eigenartig ruhig da. Wie festgenagelt.

Elina! Wir lieben dich!, steht auf einem Transparent, das Carla und Suna vor meinen Augen hin- und herschwenken. Was weiß ich eigentlich von den beiden? So gut wie nichts. So wie sie auch nichts von mir wissen. Das alles hier ist eine Farce. Wirklich wichtig ist nur die Sache mit Luuk. Alles andere und alle anderen können mir gestohlen bleiben.

„He, Elia, ich will ein Kind von dir!“, schreit jemand mit schriller Stimme. Gelächter. Mein Gesicht, unwirklich in riesiger Nahaufnahme auf einer der beiden Großbildleinwände. Grüner Lidschatten, Glitzer, rosa Lipgloss, Lippen, die sich bewegen. Ich sehe, dass meine Augen zucken und ich in Luuks Richtung schaue. Ich? Bin das wirklich ich? Ich erkenne mich kaum – Maske, Klamotten, Lichtreflexe ... Ich bin nicht ich in diesem Moment.

Eine falsche Pause mitten in der dritten Strophe. Luuks

Füße wippen nicht. Er verhält sich anders als bei den Kandidaten vor mir, sieht anders aus. Nicht zurückgelehnt. Nicht mit ausgestreckten Beinen. Nicht relaxed und irgendwie amüsiert. Nein, er hat sich stattdessen nach vorne gebeugt und ist in irgendwelche Unterlagen vertieft, die vor ihm auf dem Tisch liegen. Dabei zwirbelt er einen Kugelschreiber zwischen seinen Fingern. Ist er vielleicht aufgeregt, weil ich in diesem Moment an der Reihe bin? Jetzt flüstert er dieser Michelle etwas zu. Sie lauscht ihm aufmerksam und nickt und schaut mich dann wieder unverwandt an.

Lachen. Und noch mal Buhen ...

Letzte Strophe ... Wann ist es endlich geschafft? Ich habe das Gefühl, schon unendlich lange zu singen.

Ich bemerke, dass Oskar mich ansieht. Reglos ansieht. Er steht da wie eine angelehnte Wachsfigur. Was denkt er? Als Nächstes wandert sein Blick zum Podium der Juroren. Und von dort wieder zu mir zurück. Hätte ich ihm doch nur nichts von der Sache mit Luuk erzählt. Dass ich mit ihm geschlafen habe. Allerdings – was glaubt Oskar denn? Etwa, dass er und ich? Eines Tages?

Oskar starrt Luuk an. Sein Blick ist unergründlich. Ich schaue so schnell wie möglich wieder weg. Im Grunde ist er doch verantwortlich für das alles hier.

Mein Blick trifft auf Selma und Dilara. Warum ist die Halle nur so hell? Im Schultheater versinken die Zuschauer vor der Bühne in gnädiges Dunkel, wenn die Vorstellung beginnt, aber hier ist es anders. Ich sehe, wie Selma und Dilara sich ebenfalls etwas zuflüstern. Selmas Gesicht ist – besorgt? mitleidig? bestürzt? Was läuft hier falsch?

Ich fühle gar nichts, während ich mir Mühe gebe, nicht im Text zu stolpern.

Amara findet Britney Spears zum Kotzen. Das wissen wir alle. „Zum Teufel, ich hasse diese blödsinnige Musik!“, hatte sie einmal geschrien und den Stecker unseres Radios in der Küche mit einem heftigen Ruck aus der Wand gerissen. Danach versteinerte ihr Gesicht sehr schnell wieder, es wurde glatt und unnahbar, so wie ich es kenne.

„Was hat der unausgeglichene Kühlschrank denn schon wieder?“, fragte Selma damals verwirrt nach. Sie war an diesem Tag bei uns zu Besuch und Zeugin von Amaras Wutausbruch, der nur dadurch hervorgerufen wurde, weil der Radiosender Britney Spears' *Baby one more time*, einen ihrer ältesten Songs, gespielt hatte.

Ich habe keine Ahnung, was in Amara vor sich eht. Woher auch. Sie ist für mich ein Buch mit sieben Siegeln. Mindestens. Zum Beispiel hat sie auch diese knubbelige Narbe in einer ihrer Achselhöhlen, die sie hasst, und nach der ich sie als Kind dummerweise einmal fragte. Ihre Antwort war ein ziemlich fester Stoß, der mich ins Taumeln brachte, bevor sie davonrauschte. „Dieses blöde Kleinkind raubt mir noch mal den letzten Nerv!“, sagte sie zu Maria. Mehr nicht. Meine Mutter machte ein resigniertes Gesicht und tröstete mich halbherzig. So, als wäre sie mit ihren Gedanken eigentlich ganz woanders.

„Okay – danke, Elina ...“, sagt Dan Yell, der dritte Juror plötzlich. Er macht eine Kopfbewegung in Clarks Richtung. Sofort nimmt der die Finger von den Tasten und auch die Backgroundmusik verebbt. Ich verschlucke den Refrain, den ich ja bereits zweimal zum Besten gegeben habe, und muss husten. Röte schießt mir ins Gesicht und ich schwanke einen Moment lang Richtung vordere Bühnenkante.

„Geht's wieder?", fragt Dan Yell und mustert mich. „Das war nett", fährt er dann fort und lächelt mir aufmunternd zu. Alle Juroren schauen mich jetzt an.

Ich starre erschöpft zurück, denn ich bin völlig außer Atem, aber ich sehe nur Luuk. Und Luuk sieht mich zwar an, aber er sieht *mich* auch nicht an.

Ist er enttäuscht von mir? Hat er mehr erwartet? Hat er sich, wie ich, vorgestellt, wie es wäre, wenn ich ins Finale kommen und gewinnen würde? Er und ich – gemeinsam in Berlin bei der großen Abschlussshow? Eine Rolle in diesem neuen Musical, um die es hier ging? Er und ich auf Preisverleihungen? Vielleicht im Fernsehen?

„Ich habe sie entdeckt", könnte er sagen und seinen Arm um meine Taille legen. „Ja, wir sind ein Paar ..."

Es ist egal, dass er älter ist als ich. Wir sind füreinander bestimmt!

Aber ich habe es verpatzt, das weiß ich. Ich bin nicht bei der Sache gewesen. Noch nie in meinem Leben habe ich so schlecht gesungen wie gerade eben.

„Was meint ihr?", fragt Dan Yell in diesem Moment das unruhige Publikum. „Denn auf euch kommt es ja an. Ihr seid hier die Wichtigsten!"

Ein dünner, wenig begeisterter Applaus ist die Antwort.

Der Buhrufer wird allerdings nicht müde, seinen Lieblingslaut noch ein paarmal zu wiederholen, aber auch der ‚Ich-will-ein-Kind-von-dir-Rufer' meldet sich wieder zu Wort.

Michelle lacht. „Da ist aber einer unermüdlich", sagt sie und zwinkert mir zu.

Es ist egal, was sie sagt. Was alle sagen. Niamh meint später zu mir, als ich von meinen enttäuschten „Fans" umringt bin: „Das war ja wohl voll die Ladung Scheiße, Eli! *Was sollte das denn?*"

Es ist egal. Egal. Egal. Ich will nur zu Luuk. Nur seine Reaktion zählt. Ist er sehr enttäuscht? Oder wird er mich trösten? Immerhin hat er bei unserem allerersten Treffen gesagt, ich wäre die Beste. Er mag meine Stimme, so viel steht fest.

„Was geht dir durch den Kopf? Jetzt, hinterher? Ist dein Traum vom Singen ausgeträumt?"

Der RTL-Reporter in Halle 2 lässt sich kaum abschütteln. Er läuft mir mit seinem Mikro hinterher, während in Halle 1 die Show bereits weitergeht. Ich habe nicht mitbekommen, wie es Maja ergangen ist. Ich bekomme so gut wie gar nichts mit.

„Na, hängst du die Singerei jetzt an den Nagel? Oder bleibst du dabei und versuchst es im nächsten Jahr wieder?"

Ich schweige und fühle mich schwach und immer noch benommen von Majas Pillen. Irgendwann verliert der Reporter zum Glück die Lust und lässt mich stehen.

„Scheiße, wie bist du denn drauf, Eli?", zischt Janina ungehalten. „Das fällt doch alles voll auf uns zurück, hast du daran mal gedacht?"

Das „Eli-wir-lieben-dich!"-Schild liegt zerfleddert am Boden. Es kümmert niemanden.

Selma und Dilara allerdings umarmen mich. „Lass uns abhauen, Eli! Das ist doch alles Bullshit hier", flüstert Selma mir ins Ohr (warum ist sie eigentlich mit Leuten wie Janina, Niamh und Carla *befreundet*, schießt es mir müde durch den Kopf), aber ich muss bleiben bis zum Ende der Veranstaltung. Das weiß ich. Dazu sind alle Kandidaten vertraglich verpflichtet.

Also bleibe ich. Irgendwo läuft Kerstin herum. Ein tröstlicher Gedanke. Sie ist nett. Ich werde in die Lobby gehen und mich auf eins der grauen Kandidatensofas setzen und abwarten. Ich werde auf Luuk warten. Er wird bestimmt kommen und nach mir sehen.

Plötzlich steht Oskar vor mir.

„Was?“, frage ich gereizt und starre auf die Knöpfe seines Samtmantels. *Wo hat er nur diesen irren Mantel her?*

„Was *was*?“, fragt Oskar zurück. Seine Stimme klingt belegt.

Ich seufze tief. „*Was* willst du?“

„Nur fragen, ob ... so weit alles – okay ist.“

Kein Wort über Luuk. Kein Wort über unseren Streit seinetwegen. Über das, was ich getan habe.

Ich gebe keine Antwort.

„Wie lange musst du denn noch hierbleiben?“

Woher weiß er, dass ich noch bleiben muss? Die anderen haben nicht Bescheid gewusst. Aber Oskar weiß in Bezug auf mich ja immer alles. Ich starre auf meine kalten Hände.

„Weiß nicht.“

„Elina?“

„Was, Oskar?“

Meine Stimme klingt ungeduldig, dabei will ich nett sein. Aber ich habe keine Kontrolle über mich.

Oskar scheint für einen Moment nach Worten zu suchen.

„Vergiss den Scheiß doch einfach. Du siehst superfertig aus“, sagt er dann leise. „Sorry, dass ausgerechnet ich diesen Schwachsinn auch noch angeleiert habe.“

Oskar versucht meinen Blick einzufangen, aber ich weiche ihm aus. Ich will sein Mitleid und sein Verständnis nicht. Ich will Luuk! Aber auf keinen Fall will ich, dass Luuk mich hier mit Oskar sieht ...

„Wir wissen beide, wie gut du in Wirklichkeit sing–"

„Bitte, Os."

„Was?"

„Bitte, geh jetzt einfach."

Unsere Blicke treffen sich, nur für eine Sekunde.

Dann geht er. Ohne ein weiteres Wort. Ich schaue ihm stumm hinterher und beobachte darum auch, wie er in einer geschmeidigen Bewegung Carlas und Sunas „Eli-wir-lieben-dich!"-Schild vom Boden aufhebt, es unter den Arm klemmt und die Halle Richtung Ausgang verlässt. Der groteske grüne Mantel weht um seine Beine.

14

„Hey!? Was machst du denn noch hier? Warum bist du noch da?"

Luuk kommt langsam näher und sieht mich perplex an.

„Gewartet", flüstere ich und zittere am ganzen Körper.

„Hey, Scheiße, Elina, es ist halb drei!"

Luuk zieht mich vorsichtig am Arm hoch.

„Du warst nicht da bei dieser Schlussveranstaltung", murmele ich zögerlich. „Ich habe dich überall gesucht ..."

„Gesucht? Warum denn das? Sag mal, hast du was getrunken?"

„Ich dachte, wir treffen uns hinterher."

Luuk starrt mich an. Hinter ihm steht jemand. Eine Frau. Sie hat rote hochgesteckte Haare und sieht schon älter aus. Gehört sie, wie Luuk, zum Castingteam? Warum starrt sie mich so an? Sie hat eine hellgrüne, freundliche Aura, ähnlich der von Selma. Aber sie scheint zu frieren und tritt deshalb ungeduldig von einem Fuß auf den anderen. Kein Wunder, sie trägt silberne Riemchensandalen mit hohen Absätzen. Worauf wartet die Frau? Was will sie? Ich sehne mich danach, endlich mit Luuk alleine zu sein.

„Du Hölle, was mach ich denn jetzt mit dir? Müsstest du nicht längst zu Hause sein? Waren deine Eltern heute nicht hier?"

Mein Handy ist aus. Ich habe es nach dem vermasselten Recall nur angemacht, damit Luuk eine Chance hätte, mich zu erreichen. In den letzten Wochen habe ich ihm immerhin zigmal meine Nummer geschickt. Aber er hat sich nicht gerührt. Nur meine Mutter und Selma haben versucht, mich zu erreichen. Und einmal hat Oskar angerufen. Auf der Elina-Lawall-Fanseite bei Facebook sind außerdem im Sekundentakt Kommentare aufgetaucht, die mein Smartphone sofort und unerbittlich angezeigt hat.

Was sollte das denn? Elina, wir sind voll enttäuscht!

Kopf hoch, Mädel! Das Leben geht weiter!

Verdammter Mist! Warum warst du heute so scheiße?

Scheißsinge!

Ich fand dich okay.

Stimme für's Klo. Aber echt.

Geh sterben ...

Fi..st du besser, als du singst?

Irgendwann habe ich mit zitternden Fingern Facebook deaktiviert. So gut das eben ging. Selma sagt zwar immer, man könne Facebook so schnell überhaupt nicht mehr loswerden. Aber für den Moment funktionierte es. Es erreichten mich jedenfalls keine weiteren Kommentare bezüglich des schrecklichsten Abends, den ich je hinter mich bringen musste.

Luuk zieht unterdessen sein Handy aus der Tasche. Warum nur hat er mich nicht angerufen?

„Okay. Ein Taxi. Warte." Wie durch Nebel sehe ich, dass er eine Nummer eintippt.

„Ich will noch nicht nach Hause", widerspreche ich hastig. „Können wir nicht irgendwohin?"

„Was?" Luuk hebt den Kopf.

Plötzlich laufen mir Tränen über das Gesicht.

„Lük?", sagt die rothaarige Frau im selben Moment und greift nach Luuks Arm.

Lük?

„Warte", murmelt Luuk und macht sich frei.

„Es tut mir leid, dass ich heute Abend nicht gut war", flüstere ich.

„Kein Problem."

Luuk hat das Handy zwischen Ohr und Schulter geklemmt. „Ja, ein Taxi in die Agrippastraße, bitte“, sagt er und dreht sich zur Tür um, als wolle er sich absichern. „Ja, bei den Veranstaltungshallen. Haupteingang.“

„Wohin fahren wir?“

Ich fühle mich schlecht. Der Kopf tut mir weh und die Einstiche an meinen Unterarmen schmerzen. Dazu bin ich wahnsinnig müde, aber das ist alles egal. Hauptsache ist, dass ich Luuk endlich gefunden habe. Oder vielmehr er mich. Alles andere ist zweitrangig. Und wenn er heute zärtlich zu mir sein wird, werde ich alles richtig machen. Ich werde mich ihm völlig hingeben. Bedingungslos. Ich werde weich und anschmiegsam sein. Und wenn er sich wünscht, dass ich ihn mit dem Mund befriedige, werde ich auch das schaffen. Ich habe im Internet Tipps dazu gelesen. Diesmal wird alles funktionieren. Ich bin mir ganz sicher. Zuerst das eine. Dann würde ich mit ihm schlafen und dabei nicht mehr wie ein Brett unter ihm liegen. Danach werde ich mich an ihn kuscheln und seine geschlossenen Augen küssen. Das wird für mich der beste Moment überhaupt sein. Und vielleicht – vielleicht werde ich etwas für ihn singen. Mit meiner richtigen, meiner funktionierenden, meiner echten Stimme. *Somewhere over the rainbow* oder *Easy to be hard*, von dem Oskar gesagt hat, dass es mein bester Song wäre.

„Wir?“

Luuk sieht mich verwirrt an. „Wir fahren überhaupt nirgends hin. Du fährst nach Hause, okay?“

„Nein, bitte nicht.“

„He, Elina, doch.“

Luuks Stimme klingt angespannt.

„Und du?“

„Was meinst du mit ‚Und du‘?“

Aus der Ferne nähert sich ein Auto, ich höre hinter meinem verspannten Rücken das Motorengeräusch lauter werden.

„Ich dachte, du ... du und ich ... ich meine ..."

„Oh, Mann, Elina, jetzt kein Chaos, okay?"

Luuks niederländischer Akzent klingt so schön wie immer, aber auch gereizt, das ist nicht zu überhören. Fühlt er sich so müde wie ich? Wird ihm heute alles zu viel?

„Kann ich nicht mit zu dir kommen? Gegen den Hotelkoller?"

Ich versuche ein kleines Lachen, aber es klappt nicht. Es klingt gefährlich nach Schluchzen.

„Verdammt, nein! Ich meine, sorry ... nein."

Er gibt seiner Stimme einen anderen, einen freundlicheren Klang, der sich mehr so anhört, wie ich ihn kenne.

„Bitte! Bitte, Luuk!"

„Oh, mein Gott!" Er fährt sich durch die Haare und sagt gleichzeitig irgendwas auf Niederländisch. Die rothaarige Frau versteht ihn scheinbar ebenso wenig wie ich.

Sie zupft mir etwas aus den Haaren – ein Blatt? Ein Insekt? Ich habe lange unter dieser Linde neben dem Haupteingang gekauert, so lange, dass ich zwischendurch immer wieder eingenickt und aufgeschreckt bin.

„Alles ist gut, Süße", sagt sie jetzt und lächelt mich an. „Du bist bestimmt sehr müde, hab ich recht?"

Sie leuchtet grün, ein gutes Grün, aber ich achte nicht darauf.

„Luuk, bitte – lass mich jetzt nicht alleine", flehe ich stattdessen.

Das Taxi bremst neben uns ab.

„Na also", sagt Luuk leise und – irgendwie erleichtert – und öffnet die hintere Tür auf der Beifahrerseite. „Los, einsteigen, Elina!"

Ich schüttele den Kopf und bemerke, wie Luuk und die rothaarige Frau sich über das Dach des Taxis hinweg einen Blick zuwerfen. Was soll das? Was geht hier vor? Es ist, als seien sie plötzlich Verbündete gegen mich.

Ich erinnere mich daran, wie Luuk bei unserem ersten Treffen *Mausi* zu mir sagte. Mausi. Mausi. Mausi. Mausi. Mausi. Mausi. Seitdem scheint eine halbe Ewigkeit vergangen zu sein. So wahnsinnig viel ist in der Zwischenzeit passiert.

„Luuk?"

„Was denn noch?"

„Sag es noch mal, bitte."

„Was?"

„Sag es noch mal, dann steige ich ein. Ich versprech's."

„Verdammt – *was* soll ich sagen?"

„Mausi."

„Wie bitte?"

„Bitte sag es. Nur einmal."

Er seufzt.

„Also, okay ... *Mausi* ... Bist du jetzt zufrieden? Steig ein." Er lacht ein merkwürdiges Lachen und schaut dabei zur rothaarigen Frau hinüber.

Ich fixiere ihn immer noch.

Er.

Ist.

Mein.

Leben.

Begreift er das nicht? Wie soll ich leben, atmen, von der Stelle kommen ohne ihn?

„Was ist denn noch, Elina? Sieh mal, ich habe nicht die ganze Nacht Zeit."

Ich rühre mich nicht. Majas Pillen wirken nicht mehr. Ich spüre wieder Angst und Sehnsucht und Verzweiflung und Wut. Und Erregung. Luuk soll mich umarmen, küssen, halten.

„Elina, wir wollen jetzt auch allmählich los, verstehst du? Es war ein langer Tag."

Wir. Er hat *wir* gesagt. Da verstehe ich es. Das Wir bezieht sich nicht auf mich und ihn. Die rothaarige Frau mit den silbernen Schuhen. Luuk will *mit ihr* los. Sie wollen mich *loswerden*. Sie haben Dinge vor, bei denen ich nur im Weg bin. Ich kann mir schon denken, was für Dinge das sind.

„Nein", hauche ich.

Wieder murmelt Luuk etwas auf Niederländisch.

„Was ist jetzt? Brauchen Sie mich noch? Wartezeit kostet auch, nur dass das klar ist."

Der Taxifahrer gähnt mürrisch und greift nach einer zerknüllten Zeitung, die auf dem Beifahrersitz liegt.

„Augenblick noch", sagt Luuk hastig und greift nach meinem Arm.

Ich höre mich weinen und ich spüre Tränen über mein Gesicht strömen. Ich wende mich aus seinem Griff und nehme stattdessen seine Hand. Hastig zerre ich sie zu meiner Brust und drücke sie dagegen.

„Luuk", wimmere ich.

„Oh, lass das! Elina! Verdammt!", ruft Luuk und macht sich frei.

„Aber das willst du doch", hauche ich und klammere mich an ihn. Ich habe das Gefühl, jeden Augenblick zu sterben.

„Einen Moment noch", sagt Luuk mit zusammengebissenen Zähnen zu dem ungeduldigen Taxifahrer. „Moment noch", zu der rothaarigen Frau, die erschrocken aussieht und gegen die eisige Kälte der Nacht die Arme um sich selbst geschlungen hat.

„Kann ich etwas tun?", fragt sie leise. „Irgendetwas? Lük?"

„Ja, fahr voraus", zischt Luuk. „Nimm das verdammte Taxi und fahr voraus. Für sie", er deutet auf mich, „bestelle ich ein neues Taxi."

Alles geht so schnell. Der Himmel ist schwarz und sternlos, für einen Moment muss ich an die grüne Wolke Papageien denken, die Selma so liebt und die wir so oft aus meinem Dachfenster beobachtet haben.

Das alles ist so lange her.

Meine sich streitenden Eltern, Amara mit dem kalten Gesicht, meine Einsamkeit, weil ich nirgendwo wirklich dazugehöre, die Selbstverletzungen, die ich mir schon so lange zufüge, um mich wenigstens hin und wieder zu spüren und nicht verrückt zu werden ...

Und dann Luuk, der mich befreit hat. *Ich darf ihn nicht wieder verlieren.* Ich brauche ihn. Mehr als alles andere.

Ich klammere mich an ihn. Ich gleite dicht an seinem warmen Körper herunter, bis ich am Boden sitze, ich umklammere seine Beine, ich nestele an seinem Gürtel.

„Schlaf mit mir, Luuk. Bitte. Hier. Jetzt. Wir gehören zusammen. Ich weiß es. Und du weißt es auch."

„Nein! Elina! Um Gottes willen, nein!"

Er stößt mich fest von sich, sodass ich nach hinten falle und mit dem Kopf aufschlage. Fast lasse ich mich fallen, der Aufschlag auf dem harten Asphalt fühlt sich an wie ein Befreiungsschlag.

„Elina?"

Ich rühre mich nicht.

„Oh, verdammt!"

Ich fühle, dass er sich über mich beugt. Ich spüre seinen Atem, seine Sorge. Er berührt mein Gesicht mit den Händen, er tastet behutsam nach meiner Halsschlagader, es ist, als ob er mich streichelt. Eine Welle von Irgendwas erfasst mich.

Das hier ist – Glück, das spüre ich.

Ich ziehe ihn verzweifelt an mich und ihm knicken die Arme weg. Sein Körper prallt gegen meinen, bedeckt mich. Fest, warm, weich, beschützend.

Ich dränge mein Gesicht gegen seins und küsse ihn, so heftig und leidenschaftlich es mir möglich ist.

„Nein! Verdammt! Lass das, hörst du?“

Da höre ich mich schreien und es hallt schrecklich und wild und laut in der Nacht wider.

„Du liebst mich doch! Du hast es selbst gesagt! Du liebst mich! Du hast das alles mit mir gemacht! Weil du mich liebst. Weil wir zusammengehören!“

Luuk kauert über mir und versucht, mich festzuhalten, aber ich mache mich frei und schlage mit meinen Fäusten gegen seine Brust, bis mir die Hände wehtun.

„Oh, mein Gott, Elina, hör auf“, stöhnt Luuk hinter zusammengebissenen Zähnen. „Was glaubst du, was das mit uns war? Das war doch keine *Liebe*, du kleine Idiotin! Das war ... Wir hatten ein paar geile ... angenehme Momente, klar, aber he, Elina, mehr war da nicht. Ich hatte längst deinen Namen vergessen.“

Ich will das nicht hören. Seine Lügen. Seine grausamen Lügen. Er ist in mich eingedrungen, er hat gestöhnt und ist erregt gewesen, er ist in mir gekommen. Das alles war Gefühl, Liebe, Zweisamkeit.

Ich wimmere. Nur wie aus weiter Entfernung spüre ich, dass Luuk immer noch über mir kniet, meine Handgelenke mit seinen Händen umklammert hält und mich so zu Boden presst.

„Kann ich dich jetzt loslassen?“, fragt er schließlich leise. Er ist außer Atem und das klingt schön. „Ohne, dass du wieder durchdrehst und um dich schlägst?“

Ich gebe keine Antwort. Ich liege einfach nur schlaff und mit geschlossenen Augen in seinen Armen und lasse mich treiben. Träume ich? Bin ich wach? Irgendwo liege ich auf hartem Grund. Und irgendwo liege ich in weichen Kissen und schlafe mit Luuk. Ich atme glücklich ein und aus.

„Elina? Elina, hörst du mich, um Himmels willen?“

In diesem Moment hören wir hinter uns eilige Schritte. Sie produzieren in der dunklen Stille ein bedrohliches Echo. Dazu kommt eine Stimme.

„Hallo, was geht hier vor?“

Ein Mann taucht in der Dunkelheit auf und beugt sich über Luuk. „Um Gottes willen? Ein Unfall? Oder haben Sie etwa ... Haben Sie sich ...?“

Für den Bruchteil einer Sekunde ist es ganz still und es riecht nach Angst. Von allen Seiten. Angst, die Luuk aus den Poren kriecht. Und Angst, Sorge, die der fremde Mann über uns ausschüttet wie einen Schwall kaltes Wasser.

„Nein. Ja. Ein Unfall ... Etwas in der Art“, sagt Luuk schließlich leise und seltsam gepresst. Mehr nicht.

„Ich rufe die Polizei.“

Die Stimme des Mannes zittert vor Entsetzen, Schreck und Überforderung. Er hat einen Hund dabei, der neben mir zu bellen anfängt. Ich rieche auch seinen Atem und muss für einen Moment an Oskar und seinen alten Collie denken. Oh, lieber, gestorbener Chapeau Claque.

„Nein, bitte nicht“, sagt Luuk.

„Wenn Sie das Mädchen noch einmal anrühren, schlage ich zu“, sagt der Fremde drohend und schlägt den Regenschirm, den er wie eine Waffe in der Hand hält, ein paarmal hart auf den Asphalt, als wolle er demonstrieren, zu was er im Notfall fähig ist.

Immer noch benommen öffne ich mühsam die Augen.

„Bitte, es war nichts. Mein ... Freund und ich haben nur ... Spaß gemacht ... und da bin ich versehentlich gestürzt."

Mein Freund und ich. Das klingt schön. Schön und wahr.

Der Mann starrt uns an, schaut von mir zu Luuk und wieder zurück zu mir. In seinem Blick liegt Misstrauen.

„Ihr Freund ... Soso."

Er scheint zu zaudern und mit sich zu ringen, aber dann lässt er uns plötzlich in Ruhe und geht eilig davon. Seinen bellenden Hund zerrt er mit sich. Ich höre, wie die Hundekrallen über den Steinboden kratzen.

Einen Augenblick sehen Luuk und ich uns nur an.

„Danke", sagt Luuk schließlich leise und steht auf. „Aber zum Teufel, warum bedanke ich mich eigentlich?"

Er klopft sich wütend die Jeans ab und fährt herum. „Den Mist hast verdammt noch mal du zu verantworten."

Er wirft mir einen knappen Blick zu und holt erneut sein Handy aus der Tasche. Ich blute am Hinterkopf. Mir ist schwindelig. In meinen Ohren ist Rauschen. Die Welt wie in Watte gepackt. Gedämpft, weit weg, verschwommen.

„Okay. Noch mal. Taxi. Weg hier. Showdown. Und keinen Mist mehr. Verstanden?"

Ich sehe, dass er versucht, mich im Auge zu behalten.

15

Ich bin – jetzt ... eine Frau. Er alleine hat mich dazu gemacht. Ich kann ihm alles geben. Ihn glücklich machen. Ich habe Shades of Grey *gelesen, obwohl Ma dagegen war. „Komm", sage ich zu Luuk. Er muss bei mir bleiben. Unbedingt. Ich will nie mehr ohne ihn sein. Ich liebe ihn. Ich hasse ihn. Nein, ich hasse ihn nicht. Ich liebe ihn. Mehr als mein verpfuschtes Leben. Er ist mein Alles. Er ist alles, was ich habe. Was ich bin.*

Ein Taxi?

Warum?

Wohin?

Nein, kein Taxi ... Nicht nach Hause. Nicht in unser stilles, totes Haus am Ende der Straße.

Ein Ast am Wegrand. Luuk? Ich weiß jetzt, wie man einen Mann befriedigt. Sieh her ...

Luuk?

Luuk?

Luuk?

Siehst du es? Siehst du, was ich tue? Ich befriedige dich. Ich gebe mich dir. Ich gebe dir alles. Alles, was ich bin. Meine Seele. Mich. Alles, was mich ausmacht.

Keine Angst. Ich liebe den Schmerz. Er ist ich.

Das Blut schießt schon in Strömen aus meinem Mund, als sie kommen, um mich zu holen. Luuk ist verschwunden, nachdem er sich neben mir übergeben und geweint hat.

Meine Mutter, Maria Lawall. Mein Vater, Bernhard Lawall, meine einzige Freundin, Selma Akgül, sogar meine Schwester, Amara Lawall, die meine Mutter in mein Krankenzimmer schiebt. Besucher auf der psychiatrischen Station.

„Meine Kleine“, sagt meine Mutter und kommt und geht.

„Was machst du für Sachen, um Gottes willen?“, sagt mein Vater am Tag darauf und bleibt so lange, bis ich einschlafe. Ich höre seinen traurigen Atem.

„Elina“, flüstert Amara, als sie ein zweites Mal vorbeischaut, ganz alleine, ohne dass unsere Mutter sie dazu genötigt hat.

„Borderlinesyndrom. Sie sagen, dass du ... das hast“, sagt Selma, die dauernd hier ist, und drückt behutsam meine Hand. „Ich hab es stundenlang online recherchiert, Eli. Eine komische Krankheit, wenn du mich fragst. Ich wünschte, du könntest wieder reden.“

Sekunden, Minuten, Stunden, Tage.

Die Zeit verrinnt.

Maja ist in der nächsten Castingrunde. Ich lese es in einer Tageszeitung, die schon wieder ein paar Tage alt ist. Ich schlafe und wache auf und schlafe wieder ein und wache wieder auf. Immer wieder sitzt Ma an meinem Bett und hält meine Hand. Und eines Tages sagt sie es mir. Einfach so. Es sind nur ein paar Sätze und es ist exakt ein Monat nach der Nacht, in der ich mir mit diesem spitzen Ast, der zufällig am Wegrand des Haupteingangs der Veranstaltungshallen in der Agrippastraße lag, den Gaumen durchstoßen habe.

„Oh, Elina“, sagt Ma und legt ihre Wange gegen mein heißes, verbundenes Gesicht. Über unseren Köpfen tropft Infusionsflüssigkeit durch einen dünnen Plastikschlauch in meinen reglosen Körper. „Amara ist deine Mutter. Sie bekam dich mit fünfzehn. Bis heute weiß ich nicht, wie es genau passierte und wer dein Vater ist. Sie spricht nicht darüber. Es *kann* keine brutale Vergewaltigung gewesen sein, aber es war bestimmt trotzdem schlimm für sie. Schlimmes hat ja viele Facetten."

Ich habe die Augen fest geschlossen.

Schlimmes hat ja viele Facetten.

„Es war eine schwere Zeit. Als wir von deiner Existenz erfuhren, war es bereits zu spät für eine ..."

Sie spricht es nicht aus und ich kann ja nichts erwidern. Das Wort *Abtreibung* schwebt still und leise und ungreifbar zwischen uns hin und her.

„Ach, Liebes", fährt Maria schnell und mit verzweifelter Stimme fort. „Amara wurde so still und traurig damals, aber sie hielt sich tapfer. Nur dass sie so unglücklich war. Bernhard drehte fast durch und versuchte, mehr zu erfahren. Er wollte es verstehen, wollte notfalls die Behörden einschalten. Aber Amara sagte uns nichts. Als du geboren warst, sprach sie tagelang kein Wort. Und irgendwie zerbrach daran unsere Familie."

Mein Kopf fühlt sich an, als wäre er kurz davor zu platzen – vor Schreck, Entsetzen und ... Einsamkeit. Draußen vor dem Klinikfenster wird das Grau immer dunkler. Es regnet. Ewiger Regen. Ist die Zeit stehen geblieben? Endgültig?

Amara?

Amara soll meine ...? Ich kann diesen wahnsinnigen Satz nicht mal zu Ende denken.

Amara?

Meine Schwester Amara, die fünfzehn war, als ihre *kleine Schwester* zur Welt gekommen ist?

Amara, die immer und immer und immer nur gereizt auf mich reagiert hat? *Verschwinde, Eli! Hau ab, lass mich in Ruhe! Ma, nimm dieses Kind weg, es trampelt schon wieder auf meinen Nerven rum!*

Amara mit dem schönen, aber so kalten, unnahbaren Gesicht?

Wer hat davon gewusst?

Wer außer Ma und Bernhard?

Signe ...

Signe muss es gewusst haben.

Sprich mit Amara beschwor sie mich doch eindringlich in dem Moment, als sie diese Welt verließ. *Hab keine Angst, Kummerkind.*

Nein, sie starb im Schlaf. Aber ich habe es dennoch gehört. Ist das möglich? Hat Signe diesen Satz *gedacht*, während sie starb? Fand sie es falsch, mich so lange nicht einzuweihen in dieses Geheimnis, das doch vor allem mich etwas angeht?

Warum schwieg sie dann?

Tausendmal hatten wir gemeinsam in ihrem Lebezimmer gesessen, Papier geschöpft, Listen geschrieben. Wir hatten der Oper *La Traviata* gelauscht, geredet, gemalt, geschwiegen.

Warum hat sie es mir nicht gesagt?

Aber als sie starb, hat sie versucht – im letzten möglichen Augenblick versucht – mich auf die Wahrheit zu stoßen.

Sprich mit Amara!

Ist so etwas möglich? So möglich wie sich an den Moment seiner Entstehung zu erinnern?

Und dann kommt sie zum dritten Mal. Sie sagt nicht Hallo und sie zieht ihre Jacke nicht aus. Sie setzt sich mit einem wahnsinnig blassen, völlig ungeschminkten Gesicht auf die äußerste Kante des grasgrünen Besucherstuhls neben meinem Bett. Mit den Fingern hält sie sich an den Bündchen ihrer beigen Jacke fest. Ich kann kaum atmen, aber ich muss sie anschauen und anschauen und anschauen.

„Matthieu“, sagt sie hastig, ihre Stimme dünn und fremd. „Du kannst es Maria und Bernhard sagen, wenn du willst. Ich hab ... es nie gesagt. Ich weiß nicht mal seinen Nachnamen. Er sagte, er hieße so und er sei Halbfranzose. Es war auf einer Feier bei meiner Freundin Alva.“

Ein Partykeller im Haus von Alva Bekker, Amaras schwedischer Freundin, die vor ein paar Jahren mit ihren Eltern aus Göteborg nach Neustadt gezogen ist. Amara trinkt Winterbowle mit Wodka („Mein Vater wird durchdrehen, wenn er rauskriegt, dass wir so was trinken“, lacht sie. „Er hat mich hoch und heilig schwören lassen, keinen Schluck Alkohol zu konsumieren. Nada. Nichts ...“), mit Alva und Jakub und einer Menge anderer Partybesucher.

„Hey, wir sind übrigens voll der multikulturelle Haufen“, sagt Nahja irgendwann und lacht in die Runde. „Ich Iran, Alva Schweden, Jakub Tschechien, Monika Polen – du, Amara? Womit kannst du aufwarten? Dein Name klingt nach ...?“

„Ich muss dich leider enttäuschen, ich bin bloß stinknormale Deutsche“, sagt Amara eine Spur verlegen, aber sie lacht ebenfalls.

„Ich kann finnische Gene anbieten“, grölt ein Partygast, den Amara nicht kennt, der sich aber gerade neben sie gedrängt hat und ihr zuprostet. „Gestatten? Juul. – Viertelfinne.“

„Ach, halb und viertel geht auch?“, sagt da ein dicker, atemloser Junge, der eine Flasche Bier in der Hand hält. Er lacht polternd und mit alkoholisierten Spucketröpfchen, die um seinen Kopf fliegen. „Okay, dann bin ich auch dabei. Ich heiße zwar nur Cornelius, aber ein Viertel in mir ist Marokkaner! – Echt, jetzt", fügt er hinzu, als alle lachen.

Amara braucht frische Luft. Sie ist fast ein Jahr jünger als die anderen Partygäste, weil sie vor vielen Jahren ein Jahr zu früh eingeschult worden ist. Es ist die erste alkoholisierte Bowle ihres Lebens. („Hochbegabt", sagt ihr Papp gerne stolz, wenn das Gespräch darauf kommt. Und er lenkt es oft in diese Richtung, um mit Amaras fantastischen Noten, ihrer Musikalität, ihrem Erfolg im Ballett und bei Fremdsprachen zu prahlen.) Amara runzelt die Stirn und verdrängt den Gedanken an ihren Vater so gut es geht. Sie ist es irgendwie müde, immer und überall die Beste sein zu müssen.

„Eigentlich stehe ich ja nicht auf ... Deutsche", sagt in diesem Moment ein Partygast, den Amara vorher noch nicht gesehen hat. Sie ist draußen im Garten, weil ihr der Kopf wehtut und sie manchmal gerne einen Moment alleine ist. Außerdem mag sie den Winter mit seiner Winterluft und den Geruch der Erde und Pflanzen zu dieser Jahreszeit. Am Ende des Gartens der Bekkers steht ein Tannenbaum mit leuchtenden elektrischen Kerzen. Amara schaut in seine Richtung.

„... aber du bist definitiv die hübscheste Deutsche, die ich je gesehen habe", fährt der dünne, dunkelhaarige Junge fort. Oder ist er schon so etwas wie ein Mann? Amara kann sein Alter in der Dunkelheit nur schwer einschätzen. Jedenfalls lächelt er sie an. „Matthieu – Halbfranzose und neu in Neustadt – sozusagen."

Er lacht leise und berührt mit seinem Glas das von Amara. Es klirrt leise. „Prost, schönes Mädchen!"

Amara lächelt zurück. „Okay, Prost."

Sie reden über dies und das, Schule, die Stadt, Hausaufgaben, Musik, Filme.

„Hübsches Mädchen", sagt Matthieu irgendwann wieder.

Sein Atem riecht nach Pfefferminze und plötzlich küsst er sie.

Amara bekommt eine Gänsehaut. Doch, dieser Matthieu hat definitiv schon etwas sehr – Männliches.

‚Ha, ich führe', denkt sie einen Moment lang triumphierend. ‚Ben – Ludger – Nils – und jetzt … Matthieu.'

Alva hatte erst drei Jungs geküsst.

Amara lässt sich küssen und ins Gebüsch schieben. Die Situation ist aufregend – und schön. Wer hätte gedacht, wohin der Abend, die Nacht führen würde? Irgendwann versucht sie, leise etwas zu sagen, aber bevor sie einen Laut hervorbringen kann, legt Matthieu ihr seine warme Hand über den Mund. „Psst", macht er und streichelt ihr Gesicht. „Komm."

Mehr nicht. Nur *Komm*.

„Okay", flüstert Amara zurück und spürt ein Lächeln in ihrem Gesicht.

Eigentlich friert sie inzwischen etwas, aber Matthieu legt schützend und wärmend seine Arme um sie. Aus dem Haus hinter ihrem Rücken dringt Musik. Britney Spears singt einen Song, den Amara und Alva gerade gestern erst zu ihrem neuen Lieblingssong erkoren haben. *Baby one more time …*

„Psst", macht Matthieu wieder, dabei hat sie gar keinen Ton von sich gegeben. Amara spürt, wie er seine Hand unter ihren Pulli schiebt und sie streichelt. Noch stehen sie im Gewirr von Bekkers wildem Garten, Amaras Rücken lehnt an einem Baumstamm. Sie sieht aus den Augenwinkeln den erleuchteten Tannenbaum am Ende des Gartens, sie hört Britney Spears und das leise Quietschen der im Wind vor sich hin schwingenden Gartenschaukel von Alvas kleinem Bruder Göran.

Quietsch – quietsch – quietsch …

„Das ist schön", flüstert Amara, als sie in Matthieus Armen zu Boden sinkt. Kann man mitten im Winter in einem eiskalten Garten – Liebe machen? Man kann.

„Wow, du Schöne, du", flüstert Matthieu zurück.

Er streichelt mit der einen Hand ihre hellen Haare und mit der anderen ...?

Es geht alles so schnell, so wahnsinnig schnell.

„Nein ... nicht", flüstert Amara eine Spur zu erschrocken, aber Matthieu hört nicht auf, was einerseits wundervoll ist, aber andererseits auch wieder nicht. Amara fühlt, wie er sie an sich presst. Dabei flüstert er etwas, das sie nicht versteht, aber seine Hände sind zärtlich und gut. Sie hört seinen Atem ganz nah bei ihr.

„Oh, verdammt! Ja!", sagt Matthieu mit gepresster Stimme und küsst stürmisch ihr Gesicht. Ist es für ihn auch das erste Mal? Kann das sein?

„He, du! Für ... immer, okay?", murmelt Matthieu in diesem Moment und durchbricht – ihren Körper.

Amara keucht auf und beginnt zu zittern. Es ist ein wunderbares Gefühl, das sie da durchströmt, aber es ist auch erschreckend und sie fühlt sich auf einmal sehr nackt und sehr verletzlich. Und – auch verletzt. Irgendwie. Um Himmels willen, was hat sie da getan? Einfach so, von einer Sekunde zur nächsten? Nichts ist mehr, wie es war. Plötzlich muss sie weinen. Sie klammert sich an den Jungen – oder Mann? – den sie doch im Grunde überhaupt nicht kennt. Sie hätte keine Bowle trinken sollen. Sie spürt, dass sie etwas betrunken ist. Oder kommt dieses eigenartig verschwommene Gefühl von dem, was sie getan hat? Was sie und Matthieu getan haben?

„Hör doch auf", will Matthieu sie beruhigen. „Es war doch geil, oder?"

Er zieht seine Jeans wieder hoch und streichelt immerzu

ihr Gesicht. Mit seinen warmen Fingern wischt er die Tränen von ihren Wangen. „Du bist echt … voll die Wucht", sagt er freundlich und grinst ihr zu. „Los, gehen wir zurück. Ich könnte was zu trinken gebrauchen. Du auch?" Er hilft ihr auf und zieht sie für einen Moment an sich. In dieser Umarmung wäre Amara gerne versunken, aber sie geht schnell vorbei.

Matthieu nimmt stattdessen ihre Hand und die Schritte zurück zu den anderen, zum Haus, Lärm und Licht, geht er zügig. Amara stolpert neben ihm her, fühlt sich missverstanden und überrumpelt. Und ein bisschen wie ein Kind, obwohl es doch eigentlich genau anders sein sollte.

„Achtung, Süße, nicht hinfallen", sagt Matthieu fürsorglich und lässt an der Terrassentür ihre kalte Hand los. „Ich schau mal nach meinen Kumpels …" Und dann verschluckt ihn das Haus. Und die Nacht. Und das Nichts.

Erst eine Woche später traut Amara sich, Alva nach Matthieu zu fragen. Aber Alva zuckt nur mit den Schultern. „Keine Ahnung, nie gehört. Wer soll das sein? Oh Mann, diese Party ist ja so was von aus dem Ruder gelaufen. Meine Eltern sind total sauer. Es wurden sogar Sachen geklaut. Und da waren echt eine Menge Typen, die ich gar nicht eingeladen hatte …"

Amara sieht mich an. In meinem Kopf ist ein Vulkan aus Gefühlen. Oh, mein Gott ... Amara ... Matthieu ... Luuk ... ich ...

Wer bin ich? Was bin ich? Was ist hier los?

„Das ... war's. Ich muss gehen", sagt Amara schließlich leise. „Gute Besserung, Elina."

Abrupt steht sie auf. Ihre Finger zittern, genau wie meine.

Ich bleibe alleine zurück.

Wahrheit wie Regentropfen. Kalt. Unermüdlich. Endlos.

Die Narben unter Amaras Arm? Versprengte Milchdrüsen. Sie tauchten auf, als die Schwangerschaft voranschritt. Sie produzierten sogar Milch und Amara weinte tagelang vor Scham und Schmerzen. Mit ihnen kam die ganze Sache heraus. Nach meiner Geburt wurden sie entfernt. Und Amara? Die verschloss sich wie eine Auster. Und kam nie wieder wirklich heraus.

Und dann kommt Oskar.

Er lächelt nicht. Und ich lächele nicht. Aber er setzt sich nicht auf den grünen Besucherstuhl, sondern auf die Kante meines weißen Klinikbettes.

Lange sagt er gar nichts. Er trägt wieder den grünen Samtmantel. Seine hellen Locken sehen vertraut und schön aus. Seine Augen, hell wie der Frühlingshimmel.

Irgendwann macht er doch den Mund auf. Ich schaue ihn still an, meinen Kinderfreund. Meinen Kindheitsfreund. Meinen besten Freund.

„Bildhauer, Elina!", sagt er schließlich. „Ich werde Bildhauer. Kannst du dir das vorstellen? Ich werde Bilder hauen!"

Ich nicke schwach.

„Ach, übrigens. Ich kenne jetzt die Amarastory", fügt er dann hinzu. „Deine Mom – die ja nun streng genommen deine Großmutter ist – hat sie mir erzählt. Das ist schon starker Tobak."

Ich?

Ich sitze nur da, mit angezogenen Knien, und schaue ihn an. Ich fühle mich wackelig und zerbrechlich und fies und böse.

Und verloren.

„Der Kühlschrank hat dich also geboren ... Wer hätte das gedacht?"

Oskar schaut mich an. „Und du hattest Sex mit diesem ... Typ."

Ich gebe ein leises Geräusch von mir.

„Ich seh's immer vor mir, Elina. Ich meine, in meinem Kopf drin. Und dann könnte ich kotzen. Oder heulen. Oder jemanden killen. Vielleicht am besten mich selbst?"

Unsere Blicke treffen sich.

„Elina, du wirst wieder in Ordnung kommen, okay?"

Es ist sein Monolog.

Er redet über Amara, die überstürzt nach Sambia geflogen ist, um mit sich ins Reine zu kommen, über einen alten Hund namens *Undercover*, den er sich aus dem Tierheim zu holen gedenkt („ein seelisch eingekrachter Bordercollie – ich dachte, wer ein Mädchen mit *Border*line liebt, braucht, um das Chaos perfekt zu machen, unbedingt einen nervlich derangierten *Border*collie ... Was meinst du ...?") und über Liebe im Allgemeinen.

„Liebe ist im Grunde eine Scheißangelegenheit", schließt er irgendwann. „Ich meine, wie kann ich dich zwingen, mich zu lieben anstelle der holländischen Matschbirne? Gar nicht, klar. Aber ich sage dir einfach, dass ich dich weiterlieben werde, egal, was du hast. Und was du gemacht hast. Und machen wirst. – Ich werde einfach ein Bildhauer, der die Schule geschmissen hat, alte Köter mag, komische Klamotten trägt, auf die Meinung der Massen scheißt, und ... dich liebt. Ist das okay für dich?"

Ja, das ist okay. Os ist der beste Mensch in meinem Leben. Ich werde ihn um Verzeihung bitten für die Nacht, in der sein alter Hund starb, und ich werde ihm von diesem Matthieu erzählen. Vielleicht hat er ja eine Idee, ob ich eine Chance haben würde, den irgendwie und irgendwo noch einmal aufzutreiben. Wofür auch immer. Vielleicht nur, um ihn mir anzusehen und ihm mitzuteilen, dass es mich gibt.

Ich liebe Oskar. Natürlich liebe ich ihn. Er ist groß, dünn, blond, besonders – und auch etwas schräg drauf. So wie ich. Ob ich mich wieder selbst verletzen werde? Vielleicht. Es ist noch ein langer Weg, der vor mir liegt. Aber Wege sind schließlich zum drauf Gehen gemacht. Und zum Darüberhinweglaufen. Und auch zum Abbiegen.

Oskar ist ans Fenster meines Klinikzimmers getreten.

„Komm. Guck", sagt er und winkt mich an seine Seite.

Wir sehen zusammen hinaus. Kalte Luft wirbelt uns entgegen.

„Da, die Welt", sagt Oskar leise. „Deine. Meine. Unsere."

Ich nicke und schiebe meine kalte Hand in seine. Seine ist auch kalt. Aber nicht so kalt wie meine.

In der Ferne sehen wir ein paar von den grünen Papageien. Das nehme ich als ein gutes Zeichen.

Adressen

Deutschland

Deutscher Kinderschutzbund
Bundesarbeitsgemeinschaft
Kinder- und Jugendtelefon e. V.
Tel. 116 111 oder 0800 1110 333
bundesweit kostenlos;
montags bis samstags 14–20 Uhr
E-Mail: *info@nummergegenkummer.de*
www.nummergegenkummer.de

Schweiz

Kinderschutz Schweiz
Postfach 6949
3001 Bern
Tel. 031 3981 010
E-Mail: *info@kinderschutz.ch*
www.kinderschutz.ch

Österreich

Österreichischer Kinderschutzbund
Verein für gewaltlose Erziehung
Obere Augartenstraße 26–28
1020 Wien
Tel. 0699 8151 38 11
E-Mail: *verein@kinderschutz.at*
www.kinderschutz.at

Jana Frey wurde 1969 in Nordrhein-Westfalen geboren. Schon als Fünfjährige fing Jana Frey mit dem Schreiben an. Unzählige dieser sehr frühen Werke hat sie sich aufgehoben. Und seitdem hat sie geschrieben und geschrieben und geschrieben. Jana Frey schrieb zu Hause in Deutschland, aber auch in Amerika und in Neuseeland, auf der anderen Seite der Weltkugel. Zwischendurch hat sie Literatur, Geschichte und Kunst studiert und eine Familie gegründet. Inzwischen hat die mehrfach ausgezeichnete Autorin zahlreiche Kinder- und Jugendbücher veröffentlicht, die in viele Sprachen übersetzt wurden. Ihr Spektrum reicht von Bilder- und Erstlesebüchern bis hin zu Romanen für ältere LeserInnen. Dass Jana Frey die richtige Verbindung zwischen realem Hintergrund und fiktiver Ausgestaltung in ihren Büchern immer wieder gelingt, beweist nicht zuletzt die Nominierung ihres Jugendbuches *Höhenflug abwärts* für den Deutschen Jugendliteraturpreis.